银风铃丛书

王黎明

著

滴水之声

山东画报出版社

图书在版编目（CIP）数据

滴水之声/王黎明著. —济南：山东画报出版社，
2004.10
ISBN 7 - 80603 - 985 - 6

Ⅰ.滴… Ⅱ.王… Ⅲ.随笔—作品集—中国—
当代 Ⅳ.I267.1

中国版本图书馆 CIP 数据核字（2004）第 091740 号

丛书策划　吴　兵
责任编辑　吴　兵
装帧设计　王　芳
出版发行　*山东画报出版社*

社　址　济南市经九路胜利大街 39 号　邮编 250001
电　话　总编室（0531）2098470
　　　　市场部（0531）2098042（传真）2098047
网　址　http://www.sdpress.com.cn
电子信箱　hbcb@sdpress.com.cn
印　刷　山东人民印刷厂
规　格　150×228 毫米
　　　　6.25 印张　5 幅图　110 千字
版　次　2004 年 10 月第 1 版
印　次　2004 年 10 月第 1 次印刷
印　数　1—6000
定　价　15.00 元

瞬间与寂静

记忆与叙述

阅读与心境

光线与素描

瞬间与寂静

寂　静

　　夜深人静的时刻，没有比滴水之声更幽深、更触动听觉的了。滴水之声！可能是你昨晚忘记了拧紧自来水管上的阀门，那使人心绪不宁的回音，搅乱了你的睡眠；也可能是恍然入梦的一场小雨，淅淅沥沥敲打着窗棂……滴答，滴答，连续不断的水滴，通过空气滑动的声音多么奇妙，仿佛旋转的风铃。滴水之声，让我禁不住放下手中的笔，走出屋外，天空多么幽静啊，那些水珠般悬挂的星子，似乎随时都可能滴落下来，像雨水那样，落在我的头上、手上和眼里，而它们安静的样子，却像在喃喃自语，在树梢和屋脊之上，在飘渺的银河两岸，是一群不安分的而又相互遥望的鸟儿的眼睛，闪闪眨动。一位远在台岛的诗人说，看，星子们聚集在屋顶汲水呢！

　　滴水之声，让我倾听，如同置身于一眼深井之中，被一汪泉涌的心境湮没，被沉思和回忆的细沙无声地覆盖，又被汩汩的水流冲散。远处的灯火，近处的光线，以及视觉之内的各种事物，都局限在相同的方向。相对于白昼里浮光掠影的景象，寂静，犹如镜中的水银，它是生活的秘密，深藏于事物的内部。一个人在深夜里独自沉思，说明他与这个世界建立了不同一般的联系。我想起梭罗的一句话："当你窥望井底的时候，你发现大陆并不是连绵的大陆，而是隔绝的孤岛。"

　　庭院里那棵秋天的树，再也遮掩不住自己浓重的阴影，它的躯干，它的落叶，它的根系，密布在我的周围，在它的身边，我听到簌簌颤动的风声和环流全身的水声，我在喘息中畅饮风中的凉意。"为了接近一种寂静，我不得不把钟也给停住（福斯特）"，其实我的脚步已经放得很慢，甚至不敢轻易挪动，我的脉动也是这样放慢了速度，几乎每一下跳动，都让我感到强烈、清晰，声音比平常也扩大几倍，比我听见的滴水之声，还要清脆、响亮。仿佛内心深处，安装了传播声音的放大器。让我听见自己的心跳和大地的脉搏相互回应。我听见谁在说，人类的时间是用心跳计算的。

秋　水

　　当山冈上空的"蓝色"，被带着金属声的秋风吹得透亮，我看见了那些摩擦翅膀的昆虫：蟋蟀、蝈蝈和草丛中起飞的红腿蚂蚱；想起中秋之夜被母亲擦净的各种器皿：瓷碗，茶杯，酒壶。菊花开了，葡萄熟了，木工房里做好了尚未染漆的新木家具。泥土中散发着刨花和木屑的香味。刚出炉的陶罐、砖瓦，整齐地摆放在泥土之上。父亲的咳嗽声，使远处的旷野变得悠远而开阔。大地和山峦的轮廓，呈现静态，一幅素描，勾勒出突兀的浓重的阴影。

　　这阴影覆盖了我身后一座庞大的水库、一座电站，纵横的道路和密布的电网……这阴影，省略了我认识世界的过程，把生命和自然万物融为一体。让我的心境平和，拂去云烟和风尘，让我只看见光和影，人和事，梦和真。让我看见朴素和根本。让我看见了大地和天空相连的部分，看见了想像力不能抵达的时空。在那里，只有翅膀可以占据，只有心灵才能俯瞰，只有灵魂得以遨游。

　　午后的光亮，像一泓越来越深的秋水。光线，渐渐地薄弱下来。视线的尽头缩小成一个聚焦，如果没有日影和树阴的移动，它的亮度将继续缩小，直到接近消失。白昼里所有的事物都在缩小，包括巨大的岩石和微小的虫卵。黑暗中秘密纠集的飞虫，在不断地滋生、扩大，悄无声息。由于树枝的遮掩，使我看见了光线中的尘埃，飞絮中的纤维，以及隐藏在枯枝败叶下面的幽灵。它们也在阴影的帮助下，悄悄地显形，恢复了面目，白天里看不见的星星，突然间挂满了夜空。

那秋水映照的天空，曾经是一座缀满甘露的石榴园，它神秘的果实，为幽静的山谷带来了古老的光辉，仿佛销声匿迹的泉流粲然重现，让一群迷途的羔羊找到了回家的路。

落日，像一个挑着水桶下山的人，我想喊住它！然而，我却感到两腿生根，不能移动半步。我听见山那面有人喊，喊什么，却没有听清。深黯的天空像一池平静的湖水。

时光静止

人一旦不再改变自己，生活就会出现停顿。就像在人生的河流里，拦起了一道堤坝。

不再随波逐流，不再四处漂泊，生命便有了属于自己的港湾，自己的精神空间。时间，对他来说，不再是随时可能出现的奇迹。

他仅仅是为了内心的安宁，为了拒绝时间的流逝，才取走了归他支配、掌握的那一份。就像在盛大的生日宴会上，捧去一份微不足道的蛋糕，一枝烛光。在分享了共同的欢乐之后，他疲倦了。这时，他只想一个人静静地待一会儿，一个人单独面对墙壁、灯光和往事。他这样待着，一分，一秒，时间重复过去，而他却一无所知。

他又回到了过去的生活之中，陈旧的房间，简陋的桌椅，卷边的图书，落满灰尘的水泥地板，冷清的台灯，空白的方格稿纸……

洗罢手，他轻抚额发。

"我可以拿起笔了。"他这样说着，可是没有人听见，四周是被燃烧的烟草熏得泛黄的墙壁。一张白得发凉的稿纸，让他感到一种从未有过的虚寂，一种恐惧，一种不知所从的危机感，狂风般袭来。他的耳朵里早已灌满了喧嚣的市声。

他那已经十分脆弱如同秋天的芦苇一样不堪一折的内心，只有轻若飞絮般的叹息……

荒凉的家园，狼藉的书房，残缺不全的手稿以及油渍斑斑的墨痕。他的"过去"，躺在一座荒茔乱石之间，他的名字埋葬在一堆旧杂志之中。他恍惚记得有一个和他一模一样的人，曾经代替他，坐北朝南，彻夜伏案疾书。

"我是不是离开的太久了。"他突然惊讶自己什么时候学会了自言自语："是我抛弃了写作，还是写作抛弃了我？"他的自信心在受到良知的怀疑。

"我还能到回写作上来吗?"他似乎从未这样想过。不过，他很快发觉许多无聊的想法是没有道理的。

他旋即把情绪稳定下来。拧紧笔帽，又随手打开录音机开关。霎时，房间里飘起一支茉莉香味的曲子"时光倒流"，他的心一下子被"锚"一样的东西定住。像一匹驯服的野马，拴在了桩上。迷漫的曲子，如一道无形的屏障，把他和外面的世界隔离开来。

落　叶

　　谁见过飞翔的大树，谁见过行走的森林？山川、河流、大海都不能阻挡它们生命的根脉。秋风吹乱了大地的羽毛。一棵迎风挺立的大树占据了整个荒凉的旷野，万物凋零，天高云远。一片落叶慷慨地走完了它一生的路程。

　　很少有人留意树上的叶子何时飘落。当阳光透过林隙，照射在林阴大道上，金灿灿的落叶，像美丽的装饰品，铺展在脚下，层层叠叠不断延伸、展开。那些踩着落叶走来的人，他们步履轻快，悄然离去。遥远的背影，犹如一幅油画：深秋的北方，梦幻般的杨树林，微风奏起抒情而恬静的音乐。此刻，那些仍然挂在林梢、流连枝头的叶子，就像一年之中剩下的为数不多的日子。只有扫落叶的人知道，它们总是落不尽、扫不完的。即使到了第二年春天，当树上的新叶长出来的时候，仍有零星的叶片，像孤儿一样四处流浪。落叶让人伤感，但落叶本身并不孤单，无论走到哪里，总有它们相遇的伙伴团聚在一起。它们随风走动的样子是快乐的！

　　一个拣拾落叶的孩子，在白杨树林里奔跑，哗哗啦啦的树叶在奔跑，孩子手里拿着一根针，针上系着一条麻线，麻线上串满了玉

本是同根生 (颜晓萍 作)

米饼一样金黄的杨树叶。风呼呼地吹,孩子的脸颊像经霜的水果,红得透亮。他的脚步追逐着落叶,他的眼睛里闪烁着初冬的阳光,他头上的棉帽被一阵旋风吹落,满地乱飞。孩子愣住了,弄不清该去拣拾帽子,还是该去追逐落叶。他想把所有的落叶都运回家,堆成高高的柴禾垛,他看见屋顶上飘动的炊烟,他想起了灶火旁做饭的妈妈……

很多年之后,他老了,眼睁睁地看着树上的叶子,一片接一片地跌落下来,一片接一片,像沙漏,风蚀,刀削,像自己身上的某个地方,连枝条也不剩,一片接一片。他看见了,那双被预谋驱使的手,他看见这一切,却无能为力。不能阻止,不能挽救,甚至连怜悯也不能。剩下的光阴不多了。他放弃了抵抗的想法,俯下身子,闭上眼睛。就这样,他第一次听到落叶叩击大地的声音,就像滴水落在钟乳石上一样动听。他安详陶醉的神情,使一片坠落的叶子放慢了飘失的速度,在空中起舞,舒展……最后,落在他身边的空地上。

一个成熟的生命,就像全部长满叶子的一棵大树,等到秋风吹来的时候,它完整的群体轰然解散。这不是衰败,也不是终结,而是继续,是自然的轮回和交替。这时,那个弯腰拣拾落叶的人,又回到他的童年,他想把大地上的落叶,一片不漏地收集起来,重新排列、拼贴在一起,让它们与长在树上时的形状一模一样,不,他要创造一棵永不凋谢的大树。这也许是一个无所事事的人,一生所做的惟一一件最了不起的事。他知道,他所做的一切都是为了恢复并重建一个逝去的梦想。这项工作本身是琐碎的、徒劳的,单调而乏味,没有想象中的神圣,更少为人知,但他愿意在寂寞中做下去。

一位名叫瓦·洛扎诺夫的俄罗斯人提前拎着背筐走来了，他起得太早，一个世纪仍在大梦中沉睡未醒，以致他的咳嗽打破了路上的寂静：

> 大地的各种声音渐渐微弱下来……
>
> 用不着了。
>
> 只有一个微弱颤抖的声音将永远拌和着我的眼泪。
>
> 当它止息时，我愿变成聋子和瞎子。

关于记忆

1

只有一种神奇的力量可以使人类免除失语的痛苦，那就是记忆。

人类从结绳记事起，一刻不停地劳作，建筑，计算，以至绘画，使用文字，编撰历史，吟咏诗歌，等等。其实都是为了延续同一件事：增加记忆，寻找弥补失忆的办法，或者借助有形的物体，使有限的生命求得永恒和不朽。

培根曾经说："当上帝创造宇宙的那几日，他创造的头一件东西是光明，他创造的末一件东西就是感官的光明，他创造的最末一件东西就是理智的光明。"这里所说的理智的光明，我以为就是记忆。

人类肯定有更美好的记忆，遗忘在史前，遗忘在了人猿阶段。不然，人类不会在黑暗之中，把最初的记忆想象成一束光。一束光，比想象的还要久远。

上帝是怎样为人类创造了记忆？人类在伊甸园时期又是如何在无忧无虑的童年时光里幸福地成长？这一直是无法再现的秘密。

我们只知道，上帝说要有光，就有了光。至于潘多拉是如何打开灾祸之匣的，恐怕只有传说而没有史实。没有可靠的见证帮助我们想起：人类从何处来，又到何处去。

然而，当孔子站在河流上浩叹：逝者如斯夫。我不禁为这一跨越时空的幽思而感触：究竟是什么穿透了我？如果没有文字的记载，孔子的话，是否真的存在过呢。也许早已随风而去了。

我仿佛听见一种来自茫茫宇宙的声音。

对于过去和未来，人类缺乏的不是想象而是记忆。

2

当人类在失去的梦幻之中看见记忆之光，神，出现了。始祖的面孔一闪而过。谁见过神，神在人类的记忆之中是怎样到来，人对神的崇拜源于何时？

你相信什么，什么就可能存在，这是神对人的许诺。

上帝没有死，事实不是尼采所说的那样。上帝的原型分解了，是因为上帝由一个变成了无数个。就像今天广告说的，人人为上帝，上帝为人人。我由此看见一个人造的、易于改变和模仿的世界正在到来。人们痛惜的不是衰亡的事物，而是尚未到来的一切。

难怪普鲁斯特在写出巨著《追忆逝水年华》之后，遗憾地说：连想像力都无法帮助我们的记忆力，来重建被遗忘之事。福斯特说得更贴切：平静已在地球上消失，只是存在于它之外的地方，即我们的想象尚未成熟得能够随之而去的地方。蒙田则在《论说谎》一文中告诫人们：记忆力不强的人切勿说谎。

为什么我们生活中的许多人热衷于道听途说，胜过相信事实本身？

为什么讹传和谣言传播的速度，比任何名誉来得都快？

为什么光到来的时候，阴影却提前到达？

假如不是因为记忆力的空缺，而使人类遗忘了自身的起源的话，那么，现在看来，上帝造人的虚构，就可能沦为说谎。"人一思考，上帝就发笑"，这句现代格言是否可以翻译成：人一开口，上帝就吓跑了。

3

聪明的博尔赫斯把书——比作记忆。他说书是记忆力和想像力的延伸。书是记忆，图书馆便是记忆的中心。

无止境的书排列在书架上，就像记忆的拷贝展开于回忆者的手上，活着的人穷其一生的时间，只是在梦幻的屏幕上看到连贯的活动的有生命的影像，而死去的人就可能在某一片断里定格，静止。书是记忆的载体。"每一本书，都满载已逝时光的含义"。如果人能看见每时每刻、每分每秒的消失，就会看见记忆的储存是那样的美妙和奇异。看见，光，在一片叶子上的变化——由绿转青，由青变黄，同样也能看见"光合作用"的全部过程。为了加深记忆，人们才不断地重温旧梦。

把记忆作为工具，这使我想起杠杆的力量。人们用它撬动肉体和精神上的重负，搬动遗恨之石，横渡忘川之水。

记忆的负担愈重，肉体的承受力愈轻。

记忆不是穿旧的衣裳，而是身上的伤疤。

从心理上分析，心——用来记忆，而脑，则用来想象。记忆和想象犹如琴和曲子的关系，二者结合在一起，才能使一个生命完整，自足。

有人说,最令人惊奇的记忆力是热恋中的女人的记忆力。然而,谁能否认,旺盛的记忆力不会使人失去理智呢。

4

在历史的废墟上,和时光一起埋入地下的,不仅有文明的垃圾、精神的污染品、瓦砾和沉积的污泥,而且还有死亡,以及破碎的记忆。因此,当人们走进博物馆的时候,不妨把脚步放松一些。

过于沉重的历史已不容许我们记住太多的东西,这或许是人类记忆力衰退的根本原因。脑满肠肥,使人习惯于健忘,是非模糊,拒绝记忆。

我曾向一位鹤风仙骨的老者求教增强记忆的方法,答曰:减肥!

秋　后

　　一个写诗的人穿着一件含蓄的衣裳在城外行走，褐色的外套饱吸着阳光。没有树阴的路上，他的影子瘦长、孤单。

　　风卷着沙子袭来，沙子打在他的脸上，眼前是低矮的村庄和旷野，他吸了几口凉爽的空气，快步翻过眼前的土丘，然后在岔路旁的一个树桩上坐下来。

　　这是一个闲散的季节，人们做着一些轻松的事情，读书、下棋、打猎或听音乐。此刻，阳光灿烂，白云垂落山岗，迁徙的雁群，在天空留下令人伤感的鸣叫……

　　那人再也坐不住了，他的眼睛里掠过一丝暗影，面孔出现往日那种行色匆匆的神情，他转身走了。

　　在他离去的时候，一个农民扛着镐头走来。在他曾经坐过的地方，刨开泥土，挖出树根，然后，背回家中，用斧头劈开一块块过冬取暖的木柴。

　　那一日傍晚，落日里扬起满天的芦絮，仿佛温暖的雪花覆盖了安静的土地。

猫眼一线日当午

　　这是一句中国民间谚语。

　　我从一册巴掌大的小书上读到这句话。书出版于五十年代，样子很像尚未染色的旧粗布，除了朴素之外，还带有民间版本的特别味道。

　　"猫眼一线日当午"，起初，我被其中的意象所蛊惑，深感妙不可言。后来我才知道，它是出自很普通的日常生活经验。而非带有学究气的典故。

　　也许因为理解的障碍，或者其中词意的组合颇费琢磨，恐怕这条谚语现在已鲜为人所知了。而且随着它的实用价值的消失，这条谚语只保留了它的词义美。好像成了一句徒有其表的书面语。我宁愿把这看做一种损失。

　　如果把这句谚语当成一首中国的现代派诗歌来读解的话，将遭到怎样惨重的冷遇会可想而知。况且，即使最现代派的诗歌也无法和这句谚语的奥义相比拟。

　　人的读解力的减弱，不仅表现在对古文、外文和专业术语的漠视，对现代语也莫不如此。

　　"这是什么意思呢？"这样的质问如果不是来自民间，那肯定是来自官方。

"中国人从猫的眼睛里看时辰。"这是法国人波德莱尔在《钟表》一文中开头的一句话。他写道，有一位传教士走在南京郊区时，忘了带表，于是，便向一个淘气的男孩问几点了，男孩跑去抱来一只大猫，看着猫的眼白说："还没有完全到中午呢。"原来，这谚语早就为西方人所知，并且写进了为人所熟悉的名篇杰作里了。

然而，波德莱尔自己看时间的方法，远不仅限如此。"如果我俯身去看漂亮的费利娜（Feline：原为猫科动物总称。这里可能暗指一位心目中的女性。）——她既是女性的光荣，又是我心中的骄傲和抚慰我精神的芳香——我总是在她迷人的眼睛深处清晰地看出时间，那是永远不变化的时间，是宽阔、庄严、博大如宇宙、无分秒刻度的时间——这静止的时间，在钟表上是找不到的，然而却如一道叹息，疾如一道目光"。谁能否认，波德莱尔不是从一个女性的眼睛看懂时间的呢。他的想象，他的迷醉，几乎只剩下对灵魂的占有了。

如果说从猫眼里看时间，体现了中国人的聪明和智慧。那么，波德莱尔从时间里看到女性的芳香，则又是更深意味的满足。说不定还有"葡萄酒和印度大麻"的气息呢。可以说缺乏灵感的人，决不会品尝到这样堕落的享受。

提起"猫眼"，有人马上就会想起一种名贵的宝石。假如从这种东西里看时间，不知看到的是欲望，还是幻觉。反正，我从一种叫波斯猫的眼睛里，读到过两种不同的眼色。没有见过狼眼，据说是绿的，和猫眼一样，夜里发光。

在另一位法国人写的书中，我读到一个诗人借助猫眼光亮写诗的故事：夜深了，烛光熄灭了，伏在书桌上的猫眼里发出奇异的光，与诗人的激情和灵感相映成辉，就像稿纸上的诗行本身，在黑暗中闪耀。诗人却浑然不知，继续写作，那一刻，时间仿佛是静止的。

人们不乏对美好事物的想象，但缺少对想象的尊重和认同，理解不到的事情，更多的是嘲弄。七十年代初期，我们的中小学校园里，上演过一出荒诞的滑稽短剧。说是有两个童子，走在路上，甲说，早晨的太阳离人最近，乙却坚持中午的太阳最近。正当两人争论不休，恰逢孔子路过此地，于是，二童子连忙向圣人求教。孔子一副无奈，摇头不语。此剧意在讽讥孔子无知。当然，如果当时童子抱来大猫也肯定无用，因为猫眼只能计算时间，而不能测量距离。

我现在想来，这个小故事非常美，一个哲人，两个童子，在古代的路上，谈论太阳和人的关系。

若是在今天重演这出闹剧，我会把它看做美丽的童话，不，它比童话更抽象、更具有象征意义。它使我想起西方人的现代派短剧《等待戈多》。而当时我们是出于何种心态看待这一幕的，只能暗自发笑了。

古代有许多奇特的计时工具，比如日晷，漏斗，滴水等等，与现在的机械钟，电子钟，核子钟比起来，原始的方法或许更接近人类对时间的把握。东西方人对时间概念有微妙的差异，最明显的不同点是西方人精确，中国人形象。

我已经有十多年没有戴表了，我对模糊计时法很有研究，比如有人提到"永恒"这个词，我就会认为用倒计时的方法做事是残酷的。生命本身就是一件计时的工具。早就有人说过，人体是只沙漏，里面装着计时的沙子，最后沙漏也将成为沙子。

我更希望从猫眼里看时间，以便更深地体会一种放松和悠闲。

既然从猫眼里看时间是中国人的发明，那么，何不制造一种"猫"牌钟表呢，那一定会比瑞士、日本以及任何一个国家的洋牌产品都畅销。如今，谁不愿意使紧张、有限的时间，变得舒缓一些呢。我申请这项专利。

山　坡

　　春天到来的时候，一面向阳的山坡，是世界上最美丽的旗帜，不管它位于何方，不管它处于名胜大川，还是穷乡僻壤，只要春风吹过，它就会随风飘展，飒飒作响。

　　这面春天的旗帜，恰巧占据在一种抒情的高度，适合于一个人和众多人站立的位置，更宜于远眺或俯视，想象和歌唱：

　　　　唱歌的人热爱美丽的山坡
　　　　雨水啊纯正的音调
　　　　歌词很迷人，像凋谢的花瓣

　　更高的峰巅，有云朵在栖息，更远的平川，有群鸟在盘旋……而这里，一个放羊的少年，过早地听懂了情歌的秘密。他的嗓门开始变粗，眼睛出现亮光，蜂啊，蝶啊，鸟啊，花啊，一个少年的向往，使整座向阳的山坡变得光洁如玉。

　　随着时光的推移，站在山坡上的那个人，逐渐成为了一个独立的形象，他的身影，他的声音，慢慢地突出于他背后的山林、果园和石头。当他知道仰望可以摆脱阴影、沉思可以消除忧郁、孤独可以使人清醒时，他成了一个梦想者，一个抒情诗人。一刹那，他看见了与山谷对称的天空——闭上眼睛就能看见所想看见的任何事物，他感到大地在上升，只要他愿意，脚下的山坡，随时都可能变成一块突如其来的跳板，也许，他轻轻一跃，就会跨越一个时代、一个世纪。没有人知道他的梦想，诞生这个暂短的春天，就像花朵开放在鸟儿弹跳的枝头。他把站立的空间腾出来，让给了春天，他把心中最明亮的部分，奉献给了诗歌。他歌唱，山谷和天空回应着阳光灿烂的声音。

哦，向阳的山坡——那闪耀着灵感的大理石，被透明的呼吸吹拂着，它全部的柔情，像一片舞动的羽毛，呈现于一双伸开的手上，它是那样轻，那样平静，仿佛经不起哪怕一丁点微尘的重量。它让一个少年的梦想，留在了他曾经歌唱的地方。

火

所有的火都充满激情，光芒却是孤独的。

——阿莱克桑德雷

火有时是极其微弱的：比如擦燃的火柴，比如黑夜里的烛光，再比如荒野里流浪的磷火……它们弱不禁风的样子，让人想起婴儿的鼻息，奄奄一息的亲人，无家可归的游魂；想起安徒生童话中，那个卖火柴的小女孩手中的火苗，它诞生的瞬间和熄灭的刹那，几乎就是一道深情的目光：是惊喜、兴奋和梦想，是流连，黯淡，忧伤，真诚，绝望和顾盼……

火，在黑暗中转化为一种改变人类命运的力量：像一个清末的游子，少小离家，漂洋过海，而后揣着神秘的火种回到祖国……像上个世纪20年代的革命者，在大屠杀之夜死里逃生，从此隐姓埋名，放弃了信仰；一场大火过后，玩火者，躲在一旁，幸灾乐祸，坏笑；同谋者鸟兽散，隐匿踪迹，装模作样，好像什么都未曾发生。在血泊和灰烬中，火，从物质世界里分离出来，远离了尘土。它是温顺的，被征服，控制，软禁，委曲求全，活得体面，有分寸，且自觉。

像暮年的回忆：一段暗恋、旧情、新欢，那篝火燃尽的青春变成头上的白发；那躲藏在壁炉中的火焰，像树洞里冬眠的小黑熊，慢慢消耗身上的脂肪，度过难挨的时光……火又是胆怯的，它的另一面，令人同情、恐惧。谁见过笼中衰老的老虎，它灰暗的欲望、表情，敌视的目光，犹如熄灭的炭火。但它的力量减弱了，激情丧失了，嚎叫，愤怒，都已掩藏在看不见的地方。

在经历过冬天的房间里，那只慵懒的猫，让人产生阴郁、消沉的欲望，火光暗下来，神情恍惚不定，整个生命即将告终、了结。远离火焰的抚摸、烘烤，脸色变得苍白，记忆混乱，双眼陷入黑暗之中，手上留下灼伤的印记。

生命只是一种传递火的形式，就像火炬、灯盏和萤火虫点缀的星空。正如梅林在《马克思传》里，对晚年的恩格斯所描述的那样："他不是那种在温室里很快地开花结果而后以更快地凋谢的早熟的天才，他的青年人的热情，是发自崇高思想的真正不熄的火焰，这火焰温暖着他的老年，正如它曾经燃烧着他的心一样！"

灯

> 人思考着自己的生活，就像黑夜思考着灯一样。
>
> ——布罗茨基

　　在黑暗的地层深处，我曾抚摸着头顶的矿灯，试着把那束光亮关闭，又打开，沉寂中听见自己在喃喃自语：哦——这是我的生命！在凿空的岩石里，在幽深的隧道中，矿灯伴随我躬身行走，眼前的光束凝聚成一扇移动的窗户。我说过，在窒息的黑暗中，光明就是氧……当我不再是一个矿工，那些遥远的星辰一样的灯盏，使我懂得了一种天职。

　　康·帕乌斯托夫斯基在论述作家劳动时写道：有什么比作家书房里彻夜通明的灯光更平常的事呢？瞧，在寂静的深夜里，一个作家孤零零地坐到桌旁，手里拿起一支笔。从这个任何人不知道的房间，开始同全世界说话了。

　　一个带着灯上路的人，无论他走向哪里，他自身就是一个移动的目标。当一盏灯低声讲述它的过去，仿佛一双平静的手向我伸过来。我想起那盏墨水瓶做成的油灯，想起遗忘在书橱里的半截蜡烛，想起风雨飘摇中的马灯……当桌上的台灯，垂落想象的翅膀，依偎在我的身旁。我还能说什么呢？我想起古人"凿壁偷光"的故事。法国诗学家巴什拉在《烛之火》中写道："电灯永远不会让我们产生对活跃的烛光的遐想。我们已经进入光控时代，惟一的职责就是转动开关……不是蜡烛，而是'电灯泡'照耀着圣母的脸。蜡烛难道不是一种目光吗？"在这个五光十色的世界上，那种古老的接近心灵的光芒已经离我们而去！

我见过撞开黑夜的火车，车头巨大的光束投射在延伸的钢轨上，如同轰鸣的飞机正向天空起飞。一节节车厢亮起一排排灯火通明的窗口，像回忆电影，我不知那列车奔向哪里，但它消失的那一刻，像一架悬梯把我置于黑暗的恐惧之中。

春天的雨夜，这个与路灯倾心交谈的城市是多情的：柔声细语的绿地广场，通体透明的玻璃大厦，光芒四射的音乐喷泉，以及水火交融的霓虹世界……这个纸醉金迷的夜晚，谁能扑灭蝴蝶身上燃烧的灯火？蝴蝶死于它自己的幻觉！

童年时，每当我痴呆地凝望夜空，祖母就说，天上一颗星，地上一盏灯。后来我知道"人死灯灭"是一句古老的谶言。当一盏灯陪伴一个人走到生命的尽头，灯，带走了光。灯又在何处？守财奴葛朗台临死不忘留下一盏省油的灯，而歌德弥留之际却大声疾呼：再多些光！阅尽奥义之书、在图书馆里瞎掉眼睛的博尔赫斯，不无悲观地道出了天机："是上帝同时赐予我黑暗和图书。"然而，对每个敬畏自然的心灵来说，黑暗永远是光明的守护神，万物自有神明。

沉默的白纸

　　他不知为何常常如此脆弱，像一座长期无人居住的房子，有时经不起哪怕丁点悄无声息的涉足。

　　那个陌生的不速之客，偏偏在这时叩门而至，而他不得不搁下手中的笔，诚惶诚恐地倒茶、递烟，强打笑脸奉陪入座，寒暄，问长问短，答非所问，心里却盼着这个不知趣的家伙早点走开。可酒菜必须准备，手头的事情，只能等到晚饭之后才能去做。

　　电话铃响了，这怪异的声音，恰恰在他需要安静的时候，倏然出现，让他毫无准备，不知如何应付。像楼道里逃跑的窃贼，冷不防给他一个措手不及，撞他满怀。等他明白过来，才知道丢失了一件最珍贵的东西。

　　整整一天，他在一种写作状态中，神情恍惚，坐卧不宁，忍受着语言的折磨。脑袋像一块木头，响在嗡嗡作响的锯里；最后，他像一个打铁的人，面对着一堆冷却的炭火。

　　夜深了，他突然兴奋起来，怀着忐忑不安的心情，期待着那个"约会"。灯光，打开桌面上的一片"田野"，外面的世界消隐在黑夜之中——展开的白纸，像白昼的一角，这是一个人的舞台，"我听见了他人听不见的——赤足走在天鹅绒上的声音（塞弗尔特）"。坐在

那里，他感到从未有过的踏实，舒畅。仿佛多年的疲倦一下子缓解在一汪温水之中。

笔尖在白纸上舞蹈，文字在"田野"上化蝶。

而后便是哲学家所说的那种情景：白纸是一种虚无，一种痛苦的虚无……而人们对于孤独却不能去写。白纸过于白过于空以及人们不能在写时开始真正的存在。

白纸要求沉默。

在这种沉默的时刻，必须有一个人开口说话。他与白纸相遇了。白纸比每个人都更孤寂。随即，他写道：

要造一间思想的屋子，仅有墙壁就够了，门是多余的，屋顶也没有必要。

白纸，你可以把它看做比天空更深远的天空，比沙漠更荒芜的沙漠，或者比大海更辽阔的大海，鸟翅不能飞越，骆驼不能穿过，方舟也无法抵达。也许，白纸，就是一个人的墓地。墓地不是终点，而是起点。然而进入写作，就意味着告别群体，一个人走路。

"谁也帮不了你，除了写，你没有更好的去处。"他常这样对自己说。

他用了一个秋天加一个冬天的时间，才使他的心情调整到写作上来。一个秋天加一个冬天的代价，夺去了他整个青春时代。

写作本身就是一种生活。对于写作的感受恐怕千差万别。但有一种现实谁也无法回避，那就是你必须关上门，独自面对。

纸上的寂静是灵魂的寂静。

而这个时刻，那个惶惶不安的造访者，正是他自己。

炉　火

在冬天里谈论炉火的人，容易被看做是自作多情的人。而一个多少带点浪漫情调的实用主义者，往往赋予炉火一些糟糕的想象，就像在咖啡里加糖，其实苦味是溶不掉的。一个远离炉火的人，自身也被炉火遗弃。留在手上的记忆和留在舌尖味蕾上的感觉是不同的。在寒冷的早晨，凡是有过亲自动手去生火（生活的同义词）经历的人，一定知道，炉火与人类生死攸关的联系。

在冬天里，多愁善感并不是件好事。但是，炉火会让我想起一个夭折的儿童，它尚未长大，未经世事就被灾难夺去了性命。对于活着的人来说，惟有火光照亮的事物才会永存，惟有与生命一起生死、一起带走的东西才不会消亡。炉火——冬天里活着的生命！它的音容笑貌永远留在了人类的童贞阶段。同龄的孩子如今都是白发苍苍，步履颤颤。但它依然是活蹦乱跳，在原来的时间和地点，唱着一首老掉牙的歌。

"人不可能从冰里取火"，这同时使我触摸到时间的灰烬。我用"熄灭"这个词，来暗示一切事件的结局。尽管无法用肉眼看见，但炉火烧灼的痕迹，可能就留在人们的身体里。一个人的成长是缓慢的，相互熟悉的人看不出这种变化，脸上的皱纹，日渐稀疏的毛发，以及交谈的话语，这都是经历过爱与被爱的见证。

在乡村，炉火温暖了我寒冷的胃和疼痛的脚趾头；炊烟给予饥馑的人以灵敏的嗅觉。那时，人们围拢在炉火旁，谈论的是别人的故事，别人的食物和生活。昏暗的灯光，把他们的影子，印在烟熏火燎的土墙上。我正是从他们身上，发现了一种融洽的人际关系，人伦、亲情、血缘以及默不做声的感恩。

现在，我住进了有暖气的房子里，室内鲜花盛开，窗明几净，桌上摆着吊兰，我穿着春天的衣裳走来走去，几乎忘记了户外的凛冽。这是我远离炉火的第二个冬天。有暖气的房子，使我免除了多年以来生火取暖的烦恼，买炭，劈柴，掏炉渣，扫烟囱。这些接连不断的琐事，远没有捧书坐在炉火旁那样优雅。但我相信"火和物质是不能分离的"。

无所事事的人正适合写作；四处流浪的人应该回到家中，哲学家需要待在宽敞有壁炉的欧式城堡里；炉火理所当然是美学的遐想者；总之，这个冬天每个人都应该各就各位，有事可做。最后我越来越觉得，自己更像是一个终日忙碌的庸人。想到这些，我禁不住要把那些旧报纸、手稿和信件，扔进那些即将燃尽的炉火里，统统烧掉。让我拂去往日的尘埃。

这个冬天，我待在有暖气的房子里，谈论炉火；和一个伤感的人交谈，我不能说得太多。你说："炉火正旺，打铁的人涨红了脸。"我的耳朵发热，我们不自觉地陷入俗套，就像叶芝的一首诗：当你老了，头发白了，在炉火旁打盹的时候，请你打开这我为你写的情诗，你柔和的眼神令人梦绕魂牵，多少人追求你的美丽，有的真心，有的假意，只有一个人爱你神圣而高贵的灵魂，甚至你衰老的脸上的痛苦的皱纹，垂下头来，向红光闪耀的炉火，诉说那消失的爱情……

瞬间消失的事物

记　忆

　　人的一生是靠记忆连缀起来的——童年、青年、老年……记忆是一种能力。记忆的消失——有时是缓慢的，像核辐射后的残留物，它的伤害在同时代人身上留下了不可磨灭的痕迹。相同的记忆，就像流行的服饰和发型，特定的词汇，类似的行为，已经遗忘的曲调被某一个人唱出，引起众多的回应和共鸣；记忆的消失有时又是迅猛的，像雪崩、旋风，像干涸的河床。我们的记忆无法移植在另一代人身上，只有靠间接的事物传递下去，比如文字，遗迹，或保存下来的一些信物。对个体生命而言，记忆只存在于心灵之中，就像在物质世界里死亡只存在于肉体一样。一个短促的冬天令人萌生对旧事物的怀念，一场太薄的雪——让人想起对光阴的怜惜：慢点，不要让雪溶化得太快！

遗　忘

　　遗忘是记忆的暂时性中断或部分丧失。当记忆终止于一座坟墓，坟墓就会变成一个人生命的证据，遗忘随之成了一种不可忽略的存在。它可能被置于角落，也可能被埋没。但事情并不这么简单，记忆要延续、传达，在对未知的想象中，人类渴望恢复已逝的记忆，死去的人，会在遗忘中再生，在看不见的空间里说话。为了听到他们的声音，我们必须找到对话的途径，留在书本上的文字已经凝固，技术手段录制的声音和影像已经模糊不清，声音、影像已辨别不出性别和年龄。这种时候，一个被人遗忘的诗人通过我们的嘴在说话：死者的道路在生者中间，我们都是影子的江河（翁加雷蒂）。

阅　读

　　阅读使一个人的内心平静下来。以前我以为，不写作就会有充分的时间去阅读，现在我才知道写作对阅读的需要，须臾不可或缺。阅读是加深记忆的最好的方法，阅读是一种自省的过程，一种胃口和欲望，阅读使内分泌增加。阅读使人背上沉重的负担。阅读使我厌倦，和那些看不见的事物在一起，令我窒息。许多人把躯体埋藏在墓地，却把名字留在书本中。不朽的经卷消磨掉多少人的时光，堆积如山的文字如此沉闷，过剩的阅读使一个人变得琐碎、凌乱、暮气沉沉、一塌糊涂、忏悔，然后自言自语说，写作是宿命，写作是天意，写作是不幸（洛扎诺夫）！所以，在火车上，在飞机上，那个凭窗远眺的人，轻轻吁了口气：鸟翼驮不动黄金，此生转眼即逝！我想起萧伯纳喜剧中的一个片段，当大火快烧到亚历山大图书馆时，有人大叫："人类的记忆就要付之一炬了。"但凯撒大帝听后却说："让它们燃烧吧，那些书只不过是一派胡言！"

物　质

有些物质是无法称出重量的，比如阳光。怎样计算出一吨煤等于多少阳光的重量，有谁知道一朵云带来多少雨水。阳光的计量单位是非物质的，它的名字叫光年！

钻石是不会凋谢的

有这样一个故事：一个男人捧着一束玫瑰向一个女人求爱，女人怀抱鲜花，吻去花瓣上的露珠，闭上眼睛，露出一副陶醉的神情："多美的花啊！——可惜，很快就会凋谢了……"那个男人魔术般地把手中的另一件东西，双手递上："亲爱的，你看，这个不会凋谢吧。"女人惊喜的眼睛一亮："真的？"一颗硕大的钻石旋即闪耀在女人手中，而那束玫瑰却无声地散落在地上……

穷人为什么穷？

上帝对节俭的人说："你的所求不多，因此给你的也不应太多。"所求不多，这也许就是穷人为什么穷的原因？

灵魂是物质的

拉丁诗人、哲学家卢克莱修（公元前93－约50年）在一首长诗中表述了古希腊诗人伊壁鸠鲁的原子论，认为灵魂是物质的，由细微的原子构成，与躯体同生死。这也许是唯物主义人生观的原型。古希腊诗人巴克基利在《人生》一诗中写道：

昙花（颜晓萍 作）

34

世上少有人能终身

得神明赐予

幸运，直到白头

年老，未曾遭遇不幸

　　他认为，人只要活着，就会有遭遇不幸的可能。"没有任何人终生幸福。"这是索福克勒斯的《奥狄浦斯王》中的最后一句话："当我们等待着一个凡人的结局时，且勿说他幸福，他还没有超过人生的终点，也没有受过苦难。"一位古希腊诗人品达说得更清楚："不，亲爱的灵魂，别期望什么无限的生命，而相反要穷尽你从现实中所能完成的一切。"我相信，今天活着的人，便是对来世的占有。

　　我们中国人向来缺乏明确的灵魂概念，人们常说"生死由命"，命，其实就是物质的。

纯　酒

　　一生在修道院里隐居的希尔德加德修女说："一杯纯酒可以洁净饮者的血液。"我想，这杯纯酒肯定不是粮食做的。

每天的事情

睡中醒来，我不知又躺在哪只鞋子里，该穿上哪件衣服，要不要换双新袜子？这些我都来不及细想，我体内的生物钟和女儿上学的脚步声一样准时。早起的人不喜欢镜子，看看大街上那些疲倦的面孔，凌乱的头发，人行道上背道而驰的身影，车流，就知道，他们都是追赶时间的人。

从早晨到黄昏，城市像一个四面涨潮的孤岛，菜市场是爬满鱼虾的海滩，堆积如山的垃圾箱，街头飘香的小吃摊，杯盘狼藉的餐厅，一败涂地的夜市，睡眼惺忪的酒吧，旅店里散发的异乡的气味，还有……生活和艺术，像一对相互模仿的情人，它们同床异梦，各寻新欢。

白昼是忙碌的，夜晚却是懒汉。

成人的生活看似变化多端，爱，工作，吃饭，睡觉，娱乐，外出旅行等等，其实却是极为单调的。如果没有升迁、利益、欲望的驱动，或者不再有更多的需求，只满足于现状，那么，生活的每一天，对于我们几乎就是一种重复。

然而，生活是一门逃跑的艺术。你从乡村逃往城市，从外省逃往都市，从官场逃往商场，从社会逃往家庭，从崇高逃往平庸……

你立足未稳，又面临八面来风，危机四伏。你稍一停顿，一个时代就席卷而过。这一切还来不及细想。

一旦踏上谋生之道，如果想摆脱烦扰是不可能的，想退缩是不可能的。窗外是喧嚣的世界，风在吼，云在叫，阳光在咆哮。上岗，下岗，定级，评职称，分房……扑朔迷离的信息，应接不暇的人际关系。

你有多少承受力就有多少重负，有多大欲望就有多大胃口。你害怕自己应得的那一份给了别人，惟恐已有的饭碗被他人垂涎。风吹草动，让你神情恍惚，股票落水，期货跳楼，房地产是一堆炒不熟的栗子，传呼机让你心惊肉跳。你可能是个不走运的家伙，一个不会算计别人的赌徒，你输光了，赔了，一无所有。最终还是发现，你拥有的财富只是暂时的财富，你享受的快乐只是暂时的快乐。于是，你竞争，追逐，什么都不愿放弃。

你的每一天不再安宁，每一刻都在疲于奔命。你想有个归宿，甚至一张安静的床。豪华的宾舍只是人来人往的客栈。偌大的世界竟没有一个清静的角落。你恐慌的不是今天，而是明天，一觉醒来，脚下的风火轮会不会转起来，你的身体又在何处抛锚。

我其实是一个逃避生活的人，虽然我每时每刻都毫无例外地置身于常人的生活之中，但我企望有一天能摆脱掉生存的负担，处境的压力。不为五斗米折腰，避免偏激和极端，不违心去迎合强权，不与人比较得失、荣辱，不与弱者争强，退出各种竞技。学会一门自食其力的手艺，做一点自己想做的事，辛劳但自在地活着，按照自己的方式度过一生。

我并不是一个超脱物欲的人。我忙里偷闲萌生许多非分之想，但是我从来不敢鄙视生活，我没有足够的物质保障让我高枕无忧，也没有应有的环境供我安心写作。无论如何，我必须接受现实的幽默："我的上帝，没钱！"我要去工作、买粮、洗衣、购房……我要有一个安身立命之地，夏能遮阳，冬能御寒，风雨飘摇，让妻儿在梦中有一个靠岸的小岛。谁说过"贫穷听着风声也是好的"，我不敢奢望这种高贵的享受，也不敢怜悯那些"灯下吃土豆的人"（凡高画）。殊不知，越是简单的生活，越是精神的奢侈品。

我格外羡慕那些经历过人生磨难，如今无所事事的老人，也许他们对每一天看得极为珍惜，也许已顺其自然。我看见他们早上晨练、傍晚散步，他们议论国是、回忆往事，更多的时候是在独处中打发时光。我要是他们中间的一个，我决不会长久地呆在一个地方，我要出去走走、看看，去环球旅行，乘飞机，坐火车，骑自行车……即使徒步，我也要走出去。

坐火车看风景

在陆地上旅行，我把火车看做最理想的交通工具。火车在大地上漫游——穿过城市、村庄、国界；跨过山峦、河流、戈壁……我想象自己坐在一辆通往异域的火车上，吹着口哨，望着窗外掠过的各种景物，从一个季节到另一个季节，从一个国度到另一个国度。每天，我迎着晨风打开日记，在每一页里记下我的见闻，或者用一些诗行来赞美、表达那些奇异的感受。我想：世上没有比这种生活方式更悠闲、轻松而惬意的了。

我常常凝望墙壁上的地图，目光总是避开直行的飞机航线，顺着弯弯曲曲的铁路线移动。面对地图上的世界，我有莫名其妙的冲动，周身的血管里，涌起阵阵起伏的节奏，心中骤然响起火车的轰鸣……

"坐火车看风景"，这其实是我许多年前种种浪漫的想法之一。我想拥有一张通行全球的火车票，做一个漫游世界的行者，走遍人间的每个角落。

我小时候生活在贫穷的沂蒙山区，在大山里出生、长大。上初中那年，邻居家的孩子问我，听说你老家有火车，你跟父亲回家时，见过火车吗，多大？有三间屋那么大吧？我摇摇头：没见过。他失望了。我15岁时随父迁回老家，在兖州火车站，我第一次看见了火车。

那时我刚转学到县城一中，怕人笑我没有见识，就没有告诉别人，一个人偷偷跑到了火车站北的一个停车场上，我怯生生地站在铁路旁，呆呆望着——几十道交叉、弯曲的铁轨像刀刃一样锃亮，泛着白光。道轨对面有一座德式建筑，圆形，尖顶，像童话里的那种房子，但已被烟尘涂得乌黑，四周全是黑白照片上的那种色调，给人一种灰暗、模糊的印象。这时，一个庞然大物般的机头拉着一节节车厢，缓缓驶过来，然后停下。接着有人拿着铁锤一样的东西走近，在轮子上敲打着什么。为了看得清楚一些，我走到他们的近旁，不一会儿，火车又启动了，在离我几步远的地方，嗬，几只巨大的红色车轮，牵引着一排排滑行的小轮子，绿色信号灯亮了，前方有人挥动着小旗，打着手势，车身像蟒蛇一样开始扭动，简直奇妙极了。车头喘着粗气，冒着黑烟，很像一个有脾气的家伙，我感到四周的空气和地面上的沙石在微微震动，车头一吼，渐渐加速，远去。

我知道这就是课本上形容的瓦特的蒸汽机车。后来，当我在一些影片上见到抽着"雪茄"的美国西部牛仔时，就想起那些有着骑士风度的"老火车"，与现在人们乘坐的那种漂亮的内燃机车相比，它们的样子更具有传奇色彩。

或许是那次见到火车的情景，在我的记忆中留下的感受太强烈了，以致我闭上眼睛，就会出现那样一幅既清晰又遥远的画面，好像是在梦中，我不止一次地坐着这样的老火车，走过了我向往的每个地方。

一年后，当我穿上军装，坐上火车的时候，没有想到我的人生之路就这样伴随那轰轰隆隆的节奏，踏上了新的旅程。我也没有想到命运的选择，在梦想和现实之间，竟是那样不可捉摸。一切都是在浑然不觉中到来，又在转瞬之间消失。

有一支歌曲把青春比做"单程车票"，其实人生乘坐的本就是一列没有返程的客车，"搭错车"是其中很有寓意的情节，让人想起爱情的故事。也许我们每次出门，走的都是相同的路，相遇的是同一个车次，但时光却在车轮哐哐的旋转中流逝了，不能去重复、挽回。哲人说，人不可能走入同一条河流。

在车站，在途中，我看见的多是为生计疲于奔命的人，他们带着焦虑的面孔和紧张的神情，四处流浪。世界很大，旅途上却很拥挤。回家的人和出发的人，走在同一个方向上。我跻身于他们中间，站着或坐着，寻找着可以穿行的缝隙，打听着火车进站的消息。

我知道，这是一个飞翔的时代。与天空飞来飞去的"波音"和子弹般呼啸的高速列车相比，中国人今天乘坐的火车，就像赶着牛车一样笨重，缓慢。然而，历史的车轮从来不会停止不前，它承载着一切悲观、叹息和愚昧，承载着一切重负，以不断前进的速度和力量，向着人类的梦想接近、抵达。梭罗说过一句美妙的话：如果不造铁路，我们如何能准时赶到天堂。

选择一个好的天气，带着舒畅的心情，放弃一切负担，乘火车做一次没有目的的旅行，无疑是诱人的事。你可以在任何站上车，也可以在任何站下车。只要在车上选择一个靠近窗口的座位，你可以安静地坐在那里，不需要对话，也不需要回忆，车窗外的风景是你最忠实的旅伴。

一位俄国作家在日记中写道：他每次坐火车出门，总爱凭窗眺望机车烟影如何渐渐地消融在空气中，并赞叹"活在世上多么愉快呀，哪怕只看见烟和光也就心满意足了，即使我缺胳膊少腿，只要能在长凳上望太阳落山，我也因此感到幸福。"与这位作家同时期的诗人叶赛宁，起初是一位赶着牛车与火车赛跑的浪漫骑士，它憎恨工业，捍卫田园风光。最终被火车强大的力量征服了，不得不高呼：

　　　　啊，一匹多好的马
　　　　火车头是一匹多好的马啊！

一个是把乘火车当作幸福的事，另一个则把火车当作一匹好马。可见日夜奔驰在辽阔大地上的火车，是融入大自然的一道多么美丽的风景。

我喜欢看火车在大漠上行驶，看它在崇山峻岭之间穿梭；当火车从黑暗的隧道里冲出的刹那，我为那一闪现的景象激动不已，仿佛看见一朵黑色的花瓣，在光明中凋谢。远去的火车，带走了我内心的呼唤。

如今，我在离火车站不远的居民区里安居。日夜可以听见从津浦线上传来的揪心的汽笛声。多年来，我已渐渐习惯了无所事事地生活，对出门乘车深感疲倦，习惯了安逸、平庸地做事。然而，每次打点行装外出时，我都想，我能如我想象的那样，做一次愉快的旅行吗？

空　旷

1

当人们从田地里收获、耕种完毕，便回到村子里，放下农具，开始准备过冬：修整家园，储藏果实，伐木盖房，为子女计算婚嫁的日期。然后，把粮食和蔬菜，装满车辆，运往城里。外出打工的年轻人陆续离开家园，乘上汽车，登上火车，背上沉重的行装远走他乡。

田野上，那些漫过田垄的麦苗，因寒冷而放慢了生长的速度，荒凉的旷野像退潮的海滩，散落的城镇则变成浮出的岛屿。山脉裸露出粗糙的脊梁。

该收获的收获了，该过去的过去了。许多人在怅惘着什么，留恋着什么，我不敢轻易翻动那剩下的、为数不多的几页日历。

一年的时光过去。写过的信，用过的杯子，春天看见的景象，夏天穿过的衣服，茶几上的果实，一切仿佛都成了旧物、一切都属于过去。

2

这年冬天，我来到一个地熟人生的城市谋生。一天下午我闷得
发慌，在烟雾迷蒙的大街上行走。

起风了，寒流像一个夹着尾巴的无赖跟踉走来。哦，下雪了，
零星的碎片，像飞虫一样，蛰在我的脸上，我赶紧竖起衣领，缩紧
脖颈，在人群和车流中放开步子。天空冰冷的样子，让人有些害怕。
一只鸟落在附近的楼顶上，一块巴掌大的碎玻璃，反着刺眼的光。

餐馆，娱乐城，商场，邮电大楼，电视转播塔以及纵横交错的
空中电网，都涂上了暧昧的色调。视线模糊了，灰色的雪花在纷乱
中成为一个时代的背景……时光倒流，一个黑白的影像，重现在我
的眼前，它来自我青年时期不太明朗的阅读，好像是在许多年前，
我沉浸在一本名叫《钢铁是怎样炼成的》小说中：弥漫的大雪让一
个忧郁的少年想起了革命和爱情……保尔和冬尼娅……一闪念萌发
的"诗意"，在我身上燃起温情的炉火……那是一个遥远的冬天，大
雪覆盖了低矮的山村，我背着书包，走在通往县城的路上。岁月不
留痕迹，尘土掩盖了一个人的踪迹。

从一个城市到另一个城市，我的生命是来自乡村的一方风景，
移到哪里都是一片空旷。

3

眼前的生活不断变化着面孔，一会儿是一个追逐着物欲的男
人，在气喘吁吁中，拖着肥胖而虚弱的身体累垮在商场、赌场和股
票交易大厅；一会儿又变成了珠光宝气的女人，出没在香气扑鼻的
豪华宾馆……而在拥挤的地摊上，摆满了各种待售的"垃圾"——

过时的期刊、食品和衣物，热气腾腾的火锅刺激着人的味觉。

当我搭上缓驶而来的笨重的公交电车时，启动的引擎，让我的大脑轰鸣起来，在这塞满乘客的车厢里，我的手脚已经麻木，腾不出丁点活动的缝隙，我甚至不知道自己是要到哪里去。在这些拥挤的人群中，我感到少许的暖意。透过车窗，我远远地看见人行道上一对奔跑的少年男女，他们一边嬉戏、打闹，一边用双手拍打、捕捉流萤般飞舞的雪花，那是一道风景，我看不见他们晃动的面孔，只看见他们的衣裳，一个暗绿，一个鲜红……

在这个覆盖着无数人的梦境和欢乐的城市里，我心中积蓄已久的陌生感突然消失了。

4

现在，如果不是生活在梦中，我多么希望能像野兽一样滚出洞穴，到自由的山野中，无拘无束地奔跑，呼吸一下哪怕凛冽、但却清洁的空气……我想起休生养息的土地，它是那样一声不吭地信守着时间的诺言。还有那些雪被下的麦苗，在沉默中等待着什么……

兔子，跑吧

为了赶上6点10分的火车，我成了一只被生活追逐的兔子。冲出家门，穿过空巷，跃上无人的大街，盲目地疾走，犹如在毫无遮掩的旷野上狂奔。

当我气喘吁吁地爬上车站的地道出口时，火车，开动了，我目送它扭动细腰、甩着屁股，不慌不忙，消失在黎明时分尚未退去的夜色中。我感到疲惫，四肢乏力，一种被抛弃的感觉袭击而来！站在月台上，我左顾右望，远处昏暗的灯光下，贯穿南北的路轨，像卷刃的钝器，它以不可理喻的忍耐力，承受了这个世界过往的重量！

也许我只差半分钟，如果我跑得再快一些，或者……已经三个月了，我还是第一次误点。三个月前，我离开故乡，到济南一家报社上班。从周一到周末，我往返、奔波在这条只有2小时路程的铁路线上。

又一辆火车从相反的方向驶来，突然，我看见一个瘦小、敏捷的影子，在对面站台上跑动，那么熟悉的人影，好像是梦中相遇。

那不是12年前的我吗？那时，我年轻，像一只在春天的草原上蹦跳的兔子。每天早晨急匆匆追赶那趟奔驰的火车，去邹县城西的兖州矿务局上班，乘车只有18分钟，那是一支短暂的萨克斯曲，一阵轻快的口哨，随着车轮的节奏，我倚门而立，或凭窗眺望，随意瞥见一晃而过的风景，过了泗河，是两片树林，程家庄车站挥手即逝，低矮的钢山变得熟视无睹。那个年代，我是一个纯粹的抒情诗人，穿行在超现实的幻境中。短途旅行：一首虚构的诗，阅读或写作具有相等的时速！

那一年我有了妻子，随后有了女儿。1988年秋天，我回到兖州定居。兔走乌飞（传说太阳里有金乌，月亮里有玉兔），转眼就是十年！如今我这只1963年的兔子，一个迟到者，过早闯入了世纪的门槛。在这个荒凉的车站。我固执地相信，这并不是命运的安排，而是自己的选择。我16岁当兵，而后做矿工、从事写作，居无定所。如果我要过那种安逸、没有风险的生活，干脆放弃写作（那种让我尝尽苦头而又不甘心失败的"事业"），只保留一份挣钱谋生的职业好了，也许这样就会减去了心灵的负担，活着也就轻松得多。我的错误在于，从一开始就认为，写作和挣钱吃饭不是一回事。"时光与梦想背道而驰"，内心的愿望和现实之间总隔着一段无法缩短的旅程。

十二生肖中，属兔的人注定了漂泊不定的天性。兔，在动物界，属于弱小的一类，它温顺、善良可爱的一面，令人萌生许多美好的遐想。古人把它喻为初生的月亮、出鞘的古剑、流失的时光等等。一位名叫拉丰丁的哲人在《兔》中写道：

> 寓言若引人入胜
> 就一定要短才行

美国作家厄普代克写过关于兔子的系列小说，其中第一部《兔

银风铃丛书

滴水之声

兔子，
跑吧

子，跑吧》是代表作，描写了一个外号叫兔子的青年哈里，不满平庸的生活，离家出走后的境遇：

在广袤的黑沉沉的原野上，一只惊恐万状的小小的兔子，靠着一张地图的指点——社会为他安排的人生道路，左冲右突，企图挣脱一切羁绊。可是兔子越挣扎得厉害，它就越掉进陷阱。地图早已织成了一张密不透风的网。但是，哈里，毕竟太小，他终于从网眼中溜了出来。后来兔子回了家，兔子成了富翁，最后兔子老了。

"兔子，跑吧！"我不得不佩服译者用语的高妙。

我看见了那只兔子，那只和土地的颜色一样灰暗、充满情欲的兔子，在一群猎狗的追逐下，拼命地狂奔。开始是一只，随后两只、三只，既而是遍地奔跑的兔子。咚，咚，咚，像一阵急促的鼓点，足不着地，四处逃散……跑吧，跑吧。后来，才知道我就是其中的一只兔子。兔子，跑吧，跑吧。

一只小小的兔子，怎能与火车赛跑？我在冬天的寒风中嗅到了青草沁凉的气息。

48

当你远行时

　　五月的暖风，把习惯忙碌的城里人，大批地赶出户外，集结在阳光下，广场上，山林中……去登山，旅游，远行。人们匆匆出走，似乎才知道，城外也有娱乐，休闲是一种消费。风景成了据有者坐享其成的资源、财富。花钱才能享受观光权。

　　对于到远方去的人来说，如果随身带上一本这样的书，你的旅途，会陡添另一番情致。也许你会在某个陌生的地方停下来，不再为凑那份热闹，赶奔人群蜂拥的风景胜地。而是按照自己的想法，去发现一方风景。我就是读了这本书后，放弃了一次远行的计划，在一周的假期中，用四天的时间，骑摩托车到离家百里之地，周游了一圈。其中还沿着城东的泗河大堤，溯源而上，直挺百里之外的源头：泉林……这次逍遥游，让我饱览了近处的风光：两岸的村庄，平原上的麦田，空中的飞鸟，一个人的道路，摩托车是一匹多么快乐的马儿，快哉！这本给我启发的书是《沙郡年记》。

　　风景是有道德的，土地有它自身的伦理。作者李奥帕德是美国自然保育运动的先驱。早在老罗斯福时代，他就预感到，在人类征服欲望的轮下，自然世界将面临衰落，所以他不无惋惜地写道："摩霍克河畔印第安人的鼓声，已被世界各河流的喇叭声所取代。智人不再漫步于自己的葡萄藤或无花果下，他们在汽油箱中，装入历代以来无数渴望新牧场的动物贮存而成的动力。像蚂蚁一样，他们拥向大陆。"

风驰电掣般到来的21世纪，让人类领略了前所未有的速度感。世界变小了，车轮滚滚机翼轰鸣，时空缩短了距离。生活在别处，旅途更加拥挤，故地备受冷落。当观光成为时髦产业，世界再也没有一块安静之处："旅游广告鼓动人们，除了最近才被蹂躏的地方之外，何处尚有新的幽静处、新的猎场、新的风景、新的垂钓处……"然后，新的道路又要伸展到那儿，无论多么偏僻。招揽带来了人潮，食宿涨价，该地"在尝到观光客的荷包的甜头以后，便变得贪求无厌……风景被误认为是居于风景地的人所有。

当以"回归自然"为名义践踏荒野成为理由，越来越多的人，加入到征服者的行列。开发者——向着地球的每个角落、地图上的每个空白之处、每一块荒地推进！我们是否非要把每一条道路都通往那里？人在大自然中寻找什么？从远方回来的人又带来了什么？他们炫耀动物头颅、蝴蝶标本和留在那里的篝火……以前，我曾为那些野味餐馆的装饰物感到惊奇，现在却生出几分疑虑。明智的李奥帕德提醒人们，休闲娱乐并非指野外，而重要的是以"心灵之眼"感知大自然。"在南太平洋冒险的科学家，可能无法感受农夫在牧牛场看到的事物。简而言之，我们无法以学位和金钱买到感知……对于感知的寻求而言，一窝蜂地去追求休闲娱乐是无益的，没必要的。"

李奥帕德并不是说教者，而是一个身体力行的实践者。他曾担任新墨西哥州和亚桑纳州助理林务官，毕生投身于自然保育工作，他深情地关注着土地上的每一种野生动植物的命运。从天空到海洋，他的目光，几乎覆盖了美洲大陆甚至半球；他的足迹，追随季节的交替、万物的行踪，留在了那片辽阔的地域——爱荷华州、威斯康辛州、俄勒冈州和犹他州……他不是那种走马观花的游人。每到一处，他都要居住下来，和那里的风景生活在一起，同呼吸，共冷暖。他也许不会长久地固守一方水土，他却比常人更熟悉异地的风光，甚至具体到蛛丝马迹，他倾听风声、雁鸣，辨识树木的年轮，寻觅旅鸽和鹿的踪迹，研究生物群系的循环。即使买下一座沙地农场，也不是单纯进行经济种植，而是为了观察、发现人和自然和谐共存的奥秘。他的这些经验，涵盖了生态学、哲学、文学、历史等诸多知识，他是一个真正热爱自然和理解土地的人。

对于像我这样粗枝大叶、耽于幻想而疏忽细节的人，李奥帕德的书引起了我的兴趣。我父亲也是一位林业工作者，对山林、荒野，我从小并不陌生，但我并没有学会如何悉心观察哪怕一只小动物的生活过程，那些伴随我成长的树木、溪流和鸟鸣……只是飘忽的影子。有一次带女儿到田野上玩，女儿掐了一朵很美的野花，问我，爸爸，这种花叫什么名字呀？看着眼熟，可我怎么也想不起叫什么名字了。我曾经能识别很多野生花草，那只是一个割草的孩子起码的常识。对我们这代人来说，什么植物学、生态学等等，书本知识学得不多，阅历和经验也少得可怜，更无从谈起有多少环境保护方面的观念和素养。所以一部生动的自然读本，让我感到格外亲切。

外出旅游的朋友回来了，凑空约在一起小酌。我趁机向他们推荐《沙郡年记》，但我的话被他们的感慨和牢骚淹没了："这个世界上聪明人一半，傻子一半，聪明人待在家里，傻子花钱旅游买罪受！"；"游西湖的人比西湖水都多，什么'天堂美景'，还真不如家乡的池塘……"

布谷鸟

　　沙尘暴席卷的四月一眨眼不见了。整个春天，从西部高原，不断传来沙子尖利的呼啸，数千里之外，隔着玻璃窗就能听见空气的震动。树梢、屋顶、电线杆上，那风声，像奔袭而来的铁骑，迅速通过群山、大漠，直达黄河下游人口密集的广大区域。北上的候鸟，早已跨过长江。暖风吹来的绿色，组成了抵抗的援军，铺天盖地，很快把沙尘暴消灭在苟延残喘之中。

　　在这场春天的战役中，我退缩城中，像厌战的士兵，逃过了那场无声无息的搏斗。等我回过神来，一只布谷鸟的叫声奏响了晴朗的天空。春天的队伍浩浩荡荡地远去，翻越长城、开过塞北。绿叶的喧哗代替了呜咽的风声，万物仰望着天空，等待着雨水降临的消息。

　　一连数日，我被这只不知来自何方的布谷鸟的叫声，搅得日夜不宁，我弄不懂它叫些什么，也无法寻找它的身影，我追踪着它时断时续的叫声，身不由己地走出家门，一溜小跑来到离家相距数百米的田野上，我甚至感到它在有意捉弄我，它的叫声一会儿在身后的树林，一会儿又出现前方的河堤，时而近在咫尺，时而远在天边。

　　迟到的五月，把充满生机的季节还给大地。尽管没有雨水的滋润，坡地上的野草还是蔓延开来，大片大片的麦田疯狂地拔节，短暂的花期过后，树木在自己的浓阴里，搭起帐篷，安营扎寨。阳光照耀着通往城乡的公路，迎纳着户外清新的空气，我感到自己的呼吸从未这样舒畅！像在污染的河流里待得太久、突然见到活水的鱼儿，我怎能抑制住这种欢愉！

是布谷鸟揪心的叫声，拨响了我沉默已久的心弦。怀乡的大钟嗡嗡敲动。在匆忙的清晨、喧闹的黄昏，在汽笛的嘶鸣和车轮的尘嚣之中，人们不是没有听见它的鸣叫，只是不再为它的叫声所打动。

日复一日，布谷鸟不会在时光里逗留。它飞来飞去的叫声，其实并不比卖冰糖葫芦的吆喝更诱人，也没有公园里的笼鸟唱得动听，倒像一个收破烂的，咋呼着破嗓子终日走街串巷。是的，布谷鸟不会老死在一个地方，城市也并非它的寄身之地，当它远走他乡，谁能听见它的鸣唱，已响彻在远方的山冈。

在静谧的深夜，只有那些心怀梦想的人，才会被它古怪的叫声唤醒，推窗远望，悉心倾听——是谁，在叫他？是谁在吹奏童年遗失的乐器？谁能猜出这招魂的谜语：张三乖古，张三乖古……那单调的声音，凄楚而激越，沉郁而悲凉……是什么样的歌手，把埙、唢呐、海螺和泥哨的鸣叫，融合为同一种声调，又是什么样的嗓门，把金属和木头的声音模仿得惟妙惟肖……哦，布谷鸟！惟有布谷鸟的叫声，还能让我忆起农事、田野和童年的乡村。在这片土地上，我回来，又离开。如今我成了这里长久的居住者。落叶归根，一个出门在外没有出息又混不出什么名堂的人，最后的归宿就是打道回家，在祖荫的庇护下，平静地度过一生。

十八年前，我退伍还乡，背着简单的行囊踏上故土，从此落地生根，血缘和亲情遍布我的周围，妻子儿女，远亲近邻。我说话的口音，走路、吃饭的习惯，越来越像一个土生土长的本乡人。在一

个地方待久了，身上就会不自觉地粘上某种焦煳的气味。三乡五里，
随处可见似曾相识的面孔，人云亦云，看惯看不惯的事，熟视无睹。
某位官员的升迁和风言风语，一夜间传遍城乡的每个角落，有钱人
婚丧嫁娶，扰得大街小巷，鸡犬不宁。每当我醉醺醺地从烟雾缭绕
的小酒馆里钻出来，我像厌恶那些不洁的杯盘那样，讨厌自己身上
散发的气息。我之所以如此心安理得地厮混下去，不是为了满足于
一份谋生的差使，或者听命于某个有利可图的团伙，而是因为没有别
的去处，在我看来，无论走到哪里，都没有比乡土更踏实的寄身之
地了。我要在这里待下去，看我怎样把贫穷的日子过到底。

年复一年，树木长高了，孩子长大了，布谷鸟的叫声如期而至。
眼看一茬又一茬的年轻人，从这片土地上远走高飞，看着黄土路铺
上了柏油，平房盖上了高楼，村庄和城镇连为一片，阡陌变成了矿
区……年复一年，而我还是原来的样子。在这个变幻莫测的时代，
一个耽于幻想不懂人情世事的人，依然活得充实，竟没成为游手好
闲的白痴，这不能不说是人间的宽容。

我天性对自然事物有种特殊的敏感，没有人发现我这不为人所
知的秘密，一年四季，我都在悄悄观察风向的变化，记录雨水降临
的时间和次数，踏雪践霜，观看荒野里一行不辨真伪的蹄印……（这
片土地上早已不见野兽出没，我也可能是虚张声势、做做样子。）方
圆百里，没有我没到过的地方，我没有目的，不做任何研究，我没
有更多的爱好，集邮，考古，生态学，植物学，民俗，垂钓，狩猎
等等，我毫无兴趣。每次外出，除了满身风尘，我一无所获。我也
从不收藏纪念品，哪怕一片可当书签的树叶，一只可作标本的蝴蝶，
甚至一块可供玩赏的石头。我只想看看四周，到底有什么值得记住
的东西。

在一个地方待久了，就会看到生命的终结。人到中年，漫长无

聊的日子侵蚀着人的灵魂，风吹日晒，坚硬的岩石也会在风化中变成细碎的沙粒，熟悉的事物渐渐消逝，一起成长的人也会慢慢老去，生命有起始也有终点，再长的生命也会结束，我不可能改变这一切！但是我知道，生活在某个地点纯属偶然，而活着并不要求人非属于哪里不可，也许我本可以在世界上任何一个地方走动，任意出入，哪怕乞讨、流浪甚至衣不遮体；哪怕一名不文、孤苦伶仃……是什么限制了我平庸的一生？是什么捆绑了我的手脚？都市人追逐自由，外乡人忙于生存，脚下的地球转得更快了，没有哪一片云是静止的。

　　人终究要回到一个具体的地方，不管他走得有多远，爬得有多高，天空无枝可栖，布谷鸟不会永远四处躲藏，树叶自会从它的社会群体中解脱出来，再复杂的人际关系也不过是大自然的一个支脉，事物的兴衰自有循环的轨迹，随风而去的灰尘，最终都要回归大地。

　　　　世上唱得如此动听的鸟并不多
　　　　你是其中的一种——布谷，布谷
　　　　那些死去的诗人在你的叫声里复活

　　布谷鸟的叫声响彻四野："收割，收割。"荒凉的麦地泛起金色波浪，到处都是爆炸的种子，成熟的芬芳，耀眼的矿砂。在我眺望的高坡上，一棵大树迎向八面来风，我看见低垂的天空，堆积的乌云，烟雾弥漫的浓荫……阳光的瀑布透过云隙，刹那间，大地蒙上了阴影，暴雨在天庭汇集，闪电像鸟鸣般惊恐万状、失魂落魄，我几乎看清了那神秘的面目：山河只有在这时才显示出它的壮丽！

春天里一次短暂的旅行

这次出行没有任何目的,只是想出去走走,至于南去还是北行,我还没有想好。磨蹭到上午九点多钟,我才拎着包慢条斯理地从家里出来。路口过来一辆"木的"(吾乡对三轮人力车的别称),招手坐上,直奔火车站,进了站台。

我立足未稳,一列火车温顺地停在身边,我没有买票,从容地上了车。

对于这个即将消失的春天,检票员用剪刀在车票上留下的那个小小的缺口,过于伤感。我讨厌车票!

车厢内空荡荡的,只有几个懒人躺在座位上。我随意找了一个靠窗的位置坐下。这是一趟特快,190次,从乌鲁木齐开往济南,途经兖州。

火车启动的一刹那,我突然意识到,在我未登车之前,这辆列车已行驶了几天几夜,它一路风尘,跨越了茫茫的大漠、高原、山川……从西向东几乎横穿整个中国版图,其中不知经历了多少个村庄、城镇,多少人中途上车,下车……像一部连续阅读的长篇小说,对于我这个末路上车的人来说,我只看到了它的结尾:一个离终点站只有两个小时的短暂的旅程。望着那些空荡荡的坐位,我顿生曲

终人散之感。

我原本没有目的，不是出差，无须订卧铺票，也不用为中途转车或为赶赴异地求人办事犯愁；也不是去名山大川或风景名胜旅游，我说了只是出去走走。况且，这趟车上没有人员拥挤，打扫得很干净，走进车厢如入无人之境，正适合我这样无所事事的人，独自遐想，就像在郊外散步一样。火车奔驰在鲁南大地上。沙尘暴袭击过的天空，时而昏黄，时而晦明，窗口像一面蒙尘的镜子，照见瞬间飞逝的幻影：返青的旷野，身披绿装的白杨，岩石剥露的山冈，污浊的河床……疾风中可听见沙子摩擦空气的声音……犹如采花的蜜蜂，追赶着推移的花期……

车速渐渐加快，我与急速变幻的风景只隔着一层玻璃，玻璃外面的世界历历在目，但似乎没有看见得那么真切，仿佛一个梦：既像在水中潜行，又像在天空飘动。平稳的车速，最终让我有一种疾走如飞的体验，身姿平衡，紧贴地面，我甚至能感到两臂生风，脚下沙尘轻扬、青草拂动……

我似乎从来没有像现在这样，仔细地观察过这片土地上的风景，也从没有像现在这样放松过。

一个徒步行走的人和一个乘火车旅行的人，看待事物的感觉是不同的，前者可以随意停下来注视飞鸟、眺望远方，后者则需要格外留意眼前流动的景象。速度改变了人的想法，一棵静止不动的树、一座山峦的阴影，一片水泊的光亮，一条掩映在麦田里的小路……所有能看见并且能够描绘的景色，都是生命行进和成长的参照物。

一年前，为了赶班，我曾在这条铁路线上来回奔波，像候鸟一样尾随着季节的变换，我追逐着时间，只顾一径前行，来不及看清行路上的足迹。后来我放弃了那种动荡但充满诱惑的职业，回到了

气味熟悉的小城，重操旧业，以写作为生。风景的色调总是衬托着
命运的悲欢。

在这个日益忙碌的世界上，我是一个更加忙碌的人。一个在消
费的人群中排斥孤独的人；一个厌倦出差、害怕一觉醒来变成甲壳
虫般怪物的人；一个离家出走，感到恐慌不安的人。在一个尘土飞
扬的小城里，我安于现状，为许多计算不尽的想法，几乎耗尽了一
生的好时光。蜗牛爬行得太慢，写字的人太累，一个急躁的思想者
最终会变得步履蹒跚，读诗的人太少！因此，我注定成不了大器，
注定在小地方度过灰暗而快乐的一生。我生活寄居在这个狭小的地
盘上，像那些自然生长的野草那样，自生自灭。我渴望辽阔，向往
广袤，幻想到戈壁或大海上去冒险。更多的时候，只能是"头脑里
的旅行"（葡萄牙作家费尔南多·佩索阿）："我的梦境里便渐渐升起
长旅的韵律，这种长旅指向我还不知道的国家，或者指向纯属虚构
和不可能存在的国家。"

车过磁窑、大汶口，穿越十座铁桥，二十座土丘；再过泰山灵
岩寺，转眼就要抵达终点了。车窗外的世界多么像我此刻的心情，
急剧地变化、消失。广播响起了歌曲："你是风儿我是沙……"一个
糟糕的电视剧中一句迷人的歌词。什么时候我曾计划过一次漫长的
旅行。也许我无意中履行了诺言，返回时坐在了从济南开往乌鲁木
齐的火车上。人生没有什么明确的终点，只不过各自走在不同的方
向上。

寂静的田野

　　阳光久照的夏天过去了，时光在一片叶子里走完了一生的路。我需要一个下午，到田野上走一走。疾风牵引着我的脚步，想停留下来是多么不容易啊，在一棵树下，我站了一会儿，几片树叶奔跑过来，我没有耐心等所有的叶子都跑过来，只有一边走，一边看。田野像一本打开的书，记叙了我看见的一切。

　　我拾起一片微微泛黄的叶子，在手上展开。反复观察它的纹络，偶然发现了田野的地形图。一只手和一片叶子，或许有更多的相似之处。这只树的手，索取了太多的阳光，也经历了一生的辛劳。如今衰竭了，变得粗糙、苍凉，就像人的手一样。因为手的索取，土地贡献了它的果实，只剩下荒凉。日出而作，日落而息，人类自古在土地上耕作，播种，采集。因为收获得太多了，手和手有了分工，人和人有了高低贵贱之分。世上没有两片相同的叶子，手和手又是多么的不同。一个放大的指纹可以辨别不同的身份：罪恶、善良、命运、权力、占卜和星象。你看那些奔跑的蹄印，它们可以占据大地的辽阔，但没有跑出人的手心。我多么羡慕会飞的翅膀，倘若会飞，我们要手干什么？一双谋生的手，把人和牛马拴在同一根桩上。"我永远不要手，如果长了手，奴役便将使你走得太远，诚实行乞又使我痛苦（兰波）"。树枝毫无痛苦地把手扔在地上，它就这样放弃了无谓的忙碌，忘记劳累，静静地休息了。

鸟在天空无法逗留，它们成群地落在地上，拣拾一些遗落的种子，鸟是最后的收获者，但它们永远不会把食物储存起来，田野就是它们的粮仓。人们总以为鸟偷吃粮食，其实除了麻雀之外，更多的鸟生活在人烟稀少的地方，以捕食害虫为生。鸟之所以能轻盈地飞翔，因为他们每次只需要很少的食物就能活着。

记得小时候，村里有一个又懒又馋的人，平时啥事不干，每到农闲，就扛着铁锹来到田野上乱逛，有时蹲在地上挖半天，谁也不知道他挖些什么。有一次，我随着几个大人在田野里追赶野兔。一群孩子，十几条狗，在秋茬地里跑了整整一天，又累又饿。突然，一只野兔跃出地面，我们的脚步顿时像非洲鼓般急促地敲响，尘土飞扬，残阳如血。翻过一座土窑，野兔眨眼不见踪影。这时，我们发现那个懒人，在土坡上刨开了一个大坑，他停下挖掘，低头坐在土堆上，目光幽暗，紧瞅着我们，坑底用袋子盖住，好像有什么可疑的东西。有人不顾一切，撩开遮掩，只见下面一摊饱涨的黄豆，旁边躺着几只被弄死的老鼠，还冒着热气呢。原来这是个鼠穴，真让人恶心！懒人握起铁锹，愤怒地盯着我们。然后，拼命地滚到坑底，身体死死地护着"战利品"。懒人光棍一条，谁也不敢惹他。我们鄙视地看了一眼，一哄而散。傍晚，懒人背着一大袋东西回到村里。他从鼠洞里挖回来多少粮食，谁也不知道。反正，每当街上响起卖豆腐的吆喝，懒人就偷偷地从家里跑出来，然后，手捧热豆腐兴奋地关上门。那年冬天，很多人挨冻受饿，我好像听见懒人咯咯地偷笑，就像老鼠在啃东西……多年后，那声音折磨着我的睡眠，如同指甲在墙壁上摩擦……

疾风溜着地皮，吹得野草簌簌作响。我的脚步惊动了那些变色的蚂蚱，几天前，它们还扑闪着翅膀，在草尖乱飞，这时却连蹦跶一下都懒得动弹。大地变得枯黄，草根与泥土贴得更紧了。平原上，很难找到眺望四野的高地。除了远处隐约可见的山峦，天边的白云，附近没有更高的地形。

如果我愿意，可以沿着田间小路，再往前走，前面有一座荒废的窑场。那是我曾逗留过的一个景点。穿过稀疏的树林，可见大片燃烧过的红土，荒凉的洼地，周围遗留下掘土的痕迹，日晒雨淋，露出几种不同颜色的地层，从灰黄到褐色再到沙层，洼地里积满了夏天的雨水，清亮可鉴。从水里看见砖窑的倒影，像一座荒凉的"古堡"。我曾经邀画画的朋友到这里写生，可惜没有成行。在我眼里，"古堡"就像一幅无法用语言描述的油画：斑驳的土墙，不用抚摸，落下风蚀的尘土，烧灼的釉滓，带着雨水冲刷不掉的灰烬，像凝固的油彩一样坚硬。多少年了，土窑变得越来越苍老，有的部位坍塌了，长满了野草，变成蛇、狐、兔隐身的洞穴，高处则是各种鸟雀做巢的地方。至于，这座窑场何时修建又何时废弃，我从未打听过。它能够保留下来是幸运的，或许人们已把它遗忘，不然早就把它铲平变成耕地了。

每当我登上窑顶，俯瞰万物，顿觉心胸开朗。随着时光的流逝，它也许会变得面目全非。风吹雨打，物换星移，在这片易于改变的土地上，它为我保留一处原始的景象。不管它是否有过荣耀，在我的心目中，它永远是大地上一座无名的纪念碑！

　　大约再走三五里路，是一条古老的河流，蜿蜒的河堤，由东向西延伸而来。在那里可以望见很多密布的沟渠，像叶子上的脉络那样清晰。"看见蛛网就看见了回家的路"，一位怀乡的诗人道出心中的隐秘。而今，我到哪里再去寻找那些隐蔽的河流、消失的流水呢？在回忆里，还是在地图上？荒芜的河床平静地躺在天空下面，不见金黄的沙滩，青青的水草，光滑的鹅卵石，清澈的流水，纤小的游鱼，只有芦苇、野蒿和臭气熏天的沼泽……

　　不可否认，走在河堤上，依然可以领略到两岸特有的风光。在秋阳夕照的河岸上，仍有一些不知名的飞鸟，在附近起落。河堤上的空气，有一种激活人心的力量，它使我神清目爽。无法想象古人登高望远的心情。而我望着对岸那一片人工林，竟像看见了古木参天的森林。那些自然生长的野生草木，只有在偏僻的被人遗忘的角落里，自生自灭。到处都是人造的易于磨灭的事物，比如一条横空架设的高速公路，迅速改变了那里平缓的地貌特征，一片塌陷的矿区，变成了积水的湖泊……

　　走近一片新生的田野。翻耕过的泥土，松软，新鲜，刚刚播下麦种，踏上去有些温热。落叶，飞絮，干草，果实和秋秸腐烂的气息迎面扑来。麦苗很快就会长出田垄，田野从来没有休息的功夫，也许它可以凑空打个盹儿。也有一些闲置的空地，裸露着浑圆的脊背，像一个巨大的树墩。

　　大地从来没有显露过它真实的面目，只有一个隆起的背影。暮色苍茫，起伏的远山就是大地的化身。在土地上，你已看不到一个真正躬身耕作的人：那手扶犁耜挥鞭赶牛的形象已经消失了。牛在工厂里产奶，鸡在流水线上下蛋。现在农民是最忙碌的人，他们一边种田，一边在城里打工。"耕种"本身，其实并没有多少实际的意义可言，它是劳碌的象征，就像蚂蚁为一块搬不动的骨头聚集在一起。田野上的劳动并不像人们赞美的那样诚实可靠，十分付出有时只有一分收获，汗水换来的更多的是辛苦，不劳而获可能得到的更多。

无谓的劳作将违背大自然的旨意，古人追慕的自由自在的田园生活，实际上最接近人生的本意，今天，人们制造的所谓繁华和文明，离生活的本质相去甚远。"这个大地变得暗淡无光的大部分过错，都是那些灵魂不宁、贪欲无度的人造成的，他们使这个世界变得日益嘈杂喧嚣"。人类所需要的东西，哪样不是从地球上索取的呢？煤炭、石油、钢铁、钻石、混凝土，高楼大厦的每一块砖石，甚至餐桌上丰盛的食物，透光的玻璃器皿等等，除了树叶采集的阳光，人类从宇宙获得的能量微乎其微。人，为什么不能活得简单一些？房屋可以宽敞，但设施不必奢华，食物可以讲究，但不必浪费。为什么不能以最低的需求满足最大的愿望呢？

经过一片寸草不生的乱石岗，那里有几座孤零零的坟墓。我想起那些化作泥土的人，死去的人总比活着的人多，他们也曾经活着。以前，每个村庄都有几片大面积的墓地，占据着风水最好的土地，墓地上栽种着各种林木，松柏、野藤、楝子、蔷薇、古槐……郁郁葱葱，神秘可畏，为人们留下了刻骨铭心的记忆。后来，为了扩展耕地，乡村墓地被全部挖掘一空。这些零星的孤茔，只有躺在不为人所知的荒野。我见过许多高贵者的墓地和灵堂，虽豪华奢侈，但躯体终究是一搓泥土。死亡对每个人都是公平的。人世的所有的烦忧和恐惧，都已是过眼烟云。想到这些，我为那些终生劳累而不得片刻享受的人感到安慰。

今年春天，我回老家为祖父祖母扫墓，他们的骨灰葬在一片青青的麦田里。没有坟茔，没有墓碑，家人只能对着那片拔节抽穗的麦地，席地跪拜。那是我家的祖地，对于祖父祖母来说，没有比"葬于此地"更幸运的了。这里虽然没有松柏常青的陵园，但却能年年看到大地的丰收。我祈祷他们在天之灵永久地安息。

不止一个人说过，世间没有比死亡更尊严了。对于那些流浪在外最终找不到归宿的人来说，也许一片树阴，一方洁净的阴凉，将是他最安静的去处。"死者，在绿阴下的寂静中，似乎对尚留在世上的人，耳语着鼓励之词：我们这样，你们也将这样，瞧瞧我们安息得多么宁静！"这是一生穷困潦倒的英国作家乔治·吉辛的晚年遗言。愿人们善待生命。

天色渐晚，柔和的光线与土地的颜色融为一体。远近不同的景象，罩上了一种暧昧的过渡色，有时候，我喜欢这种不太明朗的色调，它似乎可以隐去多余的背景——比如可以排除时间、历史和时代的痕迹，只呈现自然现象中最微妙最细微的那一部分。于是，地上的树叶安静下来，低矮的灌木端坐一旁，高过地面的任何一种事物，投下了各自的淡淡的阴影，远处的阴影更重一些，与天上的云块连成一片，那片映着金光的地方，肯定是一片水塘。四周的村落并不比树上的鸟巢更清晰可见，一条追着自己影子爬行的蜥蜴，是不是忘了回家的路。此刻，我可以暂时忽略视觉，让听觉灵敏起来。放慢脚步吧，你听，唧唧，嘘嘘，那些隐藏在泥土中的蛐蛐叫了，还有微弱的风声，机警的鸟鸣……在这渐渐沉寂的秋野中，我感到一种说不出的孤单，又不免生出几分凄凉。我所热爱的土地已经疲惫了，尘埃落定，尘归尘，土归土。夕光里，我长长的影子，像细流一样不断地延伸，消失，融入植物的根脉。一个久远的梦，抚摸着永恒的事物中永不改变的慈祥的大地。我感到大自然正在它的圣殿里铺好了眠床。刹那间，迷漫的雾气从四野升起，大地蒙上了神秘的面纱。落日总是先行一步，让归来者走在夜色笼罩的路上。

记忆与叙述

城外的春天

早春的气息

一夜南风吹过，早晨醒来，户外的空气留在手上、脸上的感觉，似乎不如从前那样凛冽了。虽然仍是凉飕飕的，但喘息之中却没有了腊月里那种透心的干寒，也没有了深秋时那种凄楚的阴冷。站在庭院之中，我使劲地吸了几口清爽的、略带薄荷味的空气，我突然感到：早春的气息，已是那样深深地沁入肺腑之中了。

我拧开自来水的阀门，"哗啦"一声，水流如注。啊，解冻了。

抬头望望晴朗的天空，毛绒绒的阳光温柔地落在树木和建筑上面，仿佛一些新生的生命随之降临。

尘土和灰烬，依然残留在瓦脊、墙角和路旁的石头缝里。冬天里没有下过大雪，春节之前的那场薄雪，早已消失得无影无踪。如今，人们已经很难听见河冰断裂的声音，再也看不到旷野上斑驳陆离的融雪景象了。

对于一些逝去的美好的事物，我们只有在回忆中去唤醒。"春江水暖鸭先知"，季节的嬗变，总是先于我们的感觉而提前到来，一切都可能发生在不知不觉中，"春眠不觉晓"，古人对大自然的切肤之亲，让现代人自愧弗如！

在没有绿叶和花朵的树枝上，栖息着从南方飞来的候鸟，虽然只有少数几只，但它们稀疏而啁啾的鸣叫，撩人心扉，动人情怀，我仿佛听见心灵的声音就这样悄然诉说。

在融入大自然的万物之中，此刻，春的气息，已透过生命的根部直达枝梢……

远处的灯光

路灯消失的地方，是一片黑魆魆的田野。

走下柏油路，一条黄土路在脚下延伸。它翻过几座土丘，跨过隆起的铁道路基，绕过远处的树林，消失在平坦而广阔的平原上。

晚霞的余光，游丝般留恋在深蓝的天边，夜色从草丛和野地里渗透出来，水流般漫过田垄、庄稼，湮没我的鞋子、双膝和全身。

星空笼罩，万物静谧。这时，在苍茫而恍惚的田野深处，有一束灯光，在我的视线中亮了，它微弱、清冷、幽暗而孤单，看起来远在天边，又仿佛近在咫尺，我不由自主顺着它的方向走去。

越往前走，灯光的距离越远，再仔细看，它又像一颗移动的星星。大约走了一公里，我只好停住，不甘心地望着那团光亮发呆。后来，每当我走到这里，我都想沿着那束光继续走下去，一直走到尽头，可不知为什么，每次都中途却步。

我想起孩提时伴我读书的那盏油灯，也是这样晃晃悠悠地亮着……漫漫长夜里，一盏灯就是一个人不灭的希望啊。

我相信，那盏灯光的后面，肯定有一个呼吸的影子。

生 命

中午，放学回家的女儿捧回了两只染了绒毛的小鸡，一个杏黄，一个淡绿。

我问女儿："哪儿弄来的？"

"妈妈买的！"女儿神气地说。

"女儿喜欢。"妻子回了一句。

"这小东西很难养活的！买它干什么？"我很不耐烦地对她们说："它会死的，死了会让人伤心的！"

"别说的那么吓人。"妻子并不理会我的话。女儿却努起小嘴生气了："不用你管！我一定会把它养活！"说着，就把两个"小东西"放进事先准备好的纸盒里，为它做好窝，那是个精致的蛋糕盒，外形像一座小房子，里面肯定也布置得很漂亮，女儿抱着它，放在了靠近光照的窗台上。

我禁不住凑过去一看，呀，真是可爱。或许是刚出壳不久，两个鲜活的小生命"唧唧"地叫着，声音纯真，清洁，没有沾过食物的小口，嫩黄，透亮，圆圆的眼睛像水中的鱼眼一样单纯地望着我，不惊慌，也不害怕。好像是有一点冷，小翅膀微微颤动，但没有张开，那样子那么可怜依人。

我动心了，吩咐女儿："把它放在暖气片上去吧，不然，会冻坏的。"女儿不解，半信半疑地把它们的小房子，端进了屋内。

在那盆刚刚谢去花瓣的水仙旁，小鸡"唧唧"的叫声，使整个房间充满柔情和温馨。女儿哪里知道，要养活这两个温室里诞生的小生命，会多么的不容易！

在路上

猝然到来的春天是粗粝的，莽撞的，也是毫不顾及的。像一个赤足走在沙石上的人，他有足够的信心和勇气，走过大地的每个角落……

在城外的田野上，在群山之上，在森林深处，在沙漠和草原的边缘，在江河和湖泊中央，是一双飞越死亡的鹰翅，以凶猛的力量，划破阴霾的天空；是时光的犁耙，用深情的手臂，翻开了苏醒的大地。

是一场接一场连绵不断的雨水，淋湿前方的道路，万物陷入泥泞，种子落地生根，只有春风的队伍，浩浩荡荡扫过荒野，继续开进！

河对岸的果园

在河堤的臂弯里，躺着一片泛青的树林。左边是桑园，右边是果园。

河床已断流，石板桥搭在沙滩之上。

远远望去，园林像一抹淡墨国画。林梢的鸟影，一晃而过，暗灰色的沙洲旁边，羊群啃着干草，来回走动。整幅画面，仿佛洒上一点红，一点绿，就会全部生动起来。

风从对岸吹来，掠过萌芽的枝条，带来缕缕苦涩的清香。

也许，只须一场细雨，无尽的春色就会从这里蔓延开来。

雨

　　这初春的第一场雨，像挥动的拂尘，毫不留情地拍打着冬天的尘埃，从城市到乡村，人们不约而同，仰起脸、伸出手，满怀欣喜，迎接着那天使般活泼的小雨珠。

　　亮了，蓝蓝的天空。亮了，通往远方的道路。

　　那是我的女儿，穿着一件洗得干干净净的衣裳，背上书包，在春光里奔跑，蝴蝶结在飞，蹦跳的小雨点，撒下一路丁当作响的歌谣。

春光遍地

出了正月，季节的栅栏再也关不住撒欢的羊群，耕牛哞哞的叫声惊醒了沉睡的荒岭；那些出巢的鸟儿唱了，它们飞过城池，绕过村落，向着宽阔、自由的天空云集。

你闻到空气中那种不同寻常的气味了吗？如果你仍然居住在汽车废气污染的城市里，手捧茶杯坐在乌烟瘴气的办公室里，那你就不会知道被太阳晒得发暖的田野里，为什么散发出一种让人陶醉的清香。

那些关在动物园里的子民们闻到了。你可以看见它们蹲在圈子里那惶惶不安的神态，听见它们站在笼子里，以各种不同的声调发出的歇斯底里的叫声。当然，那些驯化的鸟雀的叫声例外。你还能看见那些即将发芽的树木，像听到命令的士兵，立正，翘首以待。

在这样的天气里，让我顺着风吹的方向到田野里看看吧。那些成方的良田，展开了我们的视野，葱绿的麦苗，像浅浅的碧水微微荡漾，沟渠边，开着一些暗淡的野花。

最令人感动的是那些在田间里劳动的人们。他们手持工具，躬身移动在大地上。有的在给麦苗松土、除草；有的在去年留下的空地上耕翻，准备播种。活儿似乎都已经安排妥当，机井房那边传来嗡嗡的蜂鸣声，从地下抽出的井水灌溉着焦渴的泥土。

世间最辛苦、最诚实的职业永远是农耕，是依然坚守于土地上的那些人，他们没有更多的奢求，却有最完美的希望——播种和收获。他们惜时如金，却从不会贪图享乐，他们憎恶那些挥霍生命和浪费粮食的人，他们有简单的人生哲理：少时不学种，到老两手空。

面对来临的春意，我不知自己能吟出多少古人的诗句，但我知道古人对春天的感觉是格外灵敏的，至少不次于发情的动物，"淑其催黄鸟，晴光转绿频。忽闻歌古调，归思泪沾巾。"这里拟人化的寓意，实际上是游人的心迹："偏惊物候新。"胜日里踏青、寻芳，历来是古代达官贵人、文人墨客的一大乐趣，而田间忙碌的农事，与他们并无多大干系，只有当他们被革职罢官或失意落魄时，才想起"终罢斯结庐，慕陶直可庶"。所以，古人有太多的惜春，恋春，怨春的诗篇，有太多的空闲去享受春色，有太多的红杏出墙的故事，且都是悲剧。和古人不同的是，现代人对春天的体验虽然来得迟钝，但却豁达得多。人们的想象不再局限于具体的事件和自身的困境，一位诗人这样写到：

> 马儿说，"春天来了，
>
> 我要再钉上一副新马掌！"

在这个早春的时节，我看到的不是那满园关不住的春色，而是遍地生长的春光。在河堤上，在道路旁，春光是水中倒影，是低飞的燕子衔来的呢喃。春光是一面拂去尘土的镜子，照见梦中的风景。

我想起古代那种叫采诗官的人，现在该是他们到民间采风的好日子。

平原上的秋天

蜻蜓飞

是雨水和风改变了大地的颜色：火红的鸡冠花在燃烧，天一下子高了，澄蓝、透明。随风而来的红蜻蜓，紧贴着清爽的地面，低飞，滑翔，悄无声息。

静止的翅膀，刚刚运走整个夏季的乌云和闪电！蜻蜓在飞。

这些薄如纸绢的蜻蜓，这些经历了酷暑和风暴的蜻蜓。

突然降临在这个风和日丽的午后。从波光涟漪的池塘，到光洁如镜的柏油公路，低飞的蜻蜓，带着那样轻若鼻息的一缕微风，那样悠扬的一阵口哨……

忙碌的蚁群，在广大的田野上行走，庄稼在最后的生长中，抹上了成熟的颜色。随着一个季节的结束和另一个季节的到来，大地上的事物变得静谧而肃穆。连树木也沉浸在这样的气氛中，林隙间，那些游离的光亮，投影在地上，一片黝黑，一片金黄……红蜻蜓在飞！

我在雨后的城市里看见了那群红蜻蜓。

没有谁知道那些低飞的蜻蜓在寻找什么。

没有谁注意到，它们是怎样来到这人群拥挤的街巷。只有一群惊喜的孩子，匆忙地捕捉着它们飞逝的幻影，用手，用目光，用咚咚的心跳……

八月的玉米地

秋高气爽，一望无际的玉米地，犹如油画中的伊甸园，笼罩着夸张、神秘的色彩。绿的风，掀动着绿的波浪，空气中透出热带植物一样晕热的气息。

玉米苞吐丝了，弥漫的花粉，从每一株扬穗的花序中飘落，一团团红缨，如同婴儿的毛发，柔软而光滑。我好像真的看见，这些哺乳中的"玉米娃"，正躺在阔叶的怀抱里，快活地吸吮着……

像秋天里诞生的那些小动物一样，它们会在白天的阳光下，露出一副憨态可掬的笑脸，在夜晚的梦中，发出窃窃私语和阵阵"咯咯"的叫声……

这些苗壮的玉米树，根系发达，枝叶丰茂，它们吸足了整个夏季的雨水和泥土中的养分，在光照充沛的大地上，呈现出情欲旺盛的活力。

秋日天空

过于低矮、过于透彻又过于蓝的天空，使人怀疑它夏季曾有的乌云，是否运送到了另外一个地方，它的凶猛、险恶的雷电又隐藏在何处？怀疑它的慈善、宽厚甚至与人亲近的面孔，是不是一种假象。

我站在一片可以瞭望平原、河流、村落的山丘上，被眼前开阔的视野所困惑。弄不清天边那一朵飘来飘去的白云，是不是可以称

晚　唱（颜晓萍　作）

得上"清闲"。如果没有鞭子的驱赶和缰绳的束缚，那些拉车的、耕犁的畜生，是不是会撒欢、奔跑在白云下的田野上……此刻，那些坐在教室里读书的孩子们，是否愿意做一次牧童，赶着"白云"，走上村后的山岗……而那些为生计四处奔波的人，是否有暇，在秋日的天空下，随意找一块石头，在一个无人的地方，静静地坐一会儿呢？

远去的马车

汽车在柏油公路上行驶，两旁的树木和庄稼，便是我观察景色的参照物，车速适宜，窗外凉风依人。

转眼已是中秋，我来乡下体验生活已有三个多月了，经常乘车往返于小城与乡野之间，单程要走30多公里，除了经过几个村落之外，大段路程都是在野外行驶。不知不觉之中，麦茬地里已窜出一人多高的青纱帐，偶尔可见飞入窗口的落叶。

汽车在洒遍晨光的路上行驶。这时，一辆丁当作响的马车迎面奔来，嗬，好气派！驾车人竖鞭坐在辕首，三匹白马威风凛凛，马蹄踏踏，田野上顿时鸦雀无声。

汽车减速，让路，马车精神抖擞，毫不客气地扬长而去……马车的傲慢激怒了汽车司机，当两车相近的一瞬，他鄙视地瞥了一眼，猛踏油门。

丁当作响的马车，像来自异乡的过客，从我面前走过，然后不知消失在何方。

乡村的位置

从写诗的角度看待乡村，无疑表明自己站立的位置，同时也说明了其中的距离。在我的一生中，乡村注定了要成为我出生和血缘的背景。

经过许多年的奔波之后，我终于在离故土最近的城镇居住下来，在这里成家生子，读书，写作，上班，谋生。渐渐地，我的生活发生了前所未有的变化：遥远的事物不再遥远，熟悉的事物却变得陌生。在写作上，文字的变化也让我惊慌不安，我不自觉地重复使用"乡村"这个词，并且不止一次地把同一内容的感受像调子一样，反复吟读，心理上慢慢多了一些叹息，一些沧桑和回忆。

我出生在沂蒙山区。我在乡村所受的教育，除了赋予我单纯的理想之外，更多的是，让我认识到了乡村生活的贫困。知识的增加，只能使我更加远离过去，并不能改变什么。

我高中即将毕业的那年冬天，父亲调回原籍，我们全家随之回到分别多年的老家。从我的出生地到我的故土之间，我经过了多次生活环境的隔离，每一次，都像截断根脉的移栽，朋友是陌生的朋友，房屋是陌生的房屋，天空是似曾相识的天空。从此以后，我的人生节奏突然加快，当兵，做工，写作，外出学习等等，没想到，转了一圈，我又回到原来出发的地方。

我不止一次怀着远走他乡的梦想，渴望能找到理想的栖息地，但最终还是被故乡的泥土粘住了鞋子；我不止一次地返回童年的乡村，期望找到失去的欢乐，但最终还是被世俗的烟尘迷住了眼睛。

随着岁月的变幻，我已看不清乡村的面目。当"乡愁"被远离大陆的台岛人说出，我们厮守的乡情还有多少感人的意义呢？在我们自己生活的土地上，我第一次有了人生地疏的感觉。

从我现在的家出走，不超过十分钟，就会跨进一片田野，村庄和城镇几乎连接在一起，公路上的树木，把平原上的村落隔开，到处是半土半洋的建筑物，虽然乡音依然可亲，但人们的服饰和言行已经改变。望到这一切，我发现自己成了局外人。我几乎淡漠了对乡村生活的记忆。实际上，我早已离开了乡村，那里的生活之于我已十分遥远。

我对"乡土"的概念是模糊的，但不至于狭隘地理解为"土生土长"或"厮守故土"。后来，我读到德国当代女作家赫尔塔·米勒的一段话，心中豁然开朗，她说的大意是，什么是乡土，那就是一个人提起行李时随手携走的东西。那就是他用眼睛观看时，目光远远超越智慧，如同超越屋外田野所见之物。那就是一个人消逝时，在一种语言里染上了来自遥远地方的语言色彩。什么叫客观环境，那就是一个人离去时，如同一颗子弹射出了枪膛……这也许就是我们古人所说的"背井离乡"之意吧？一个四海为家的游子！

以前我一直以为，一个人有过一段乡村生活的记忆是幸福的。现在我才知道，对于一个现代人来说，它同时意味着对现实物质社会的痛苦和不适。假如你是一个居住在都市的外省人，假如你是一个流浪在南方的山东人，仅语言上的障碍，就足够你自卑些时日了。

不过，那都是一些把方言作为家园的人，他们的固执，恰恰说出了对故乡的热爱。

然而，沉淀于内心的情感是永远不会流失的，它是一种根深蒂固的汲取，滋养着我们今天的缺失心态。

在洛斯加托斯乡间居住并写作的斯坦贝克，他把在洛斯加托斯的生活，置于个人的内心深处，他在写作中如此专注于虚构的精神故乡，却没有在自己经历的任何地方扎根。正如有人所言，他可以在许多地方寄身、放逐，"却没有持久的个人幸福和彻底的归属感。"斯坦贝克也这样说："……家除了在记忆中的储存中已不复存在。"

我们是否能在精神世界里走回故乡呢？那是一条没有止境的还乡之路。这就是，我为什么时常感到一种异乡的灵感在身上不断生长的原因。我也因此理解了波兰诗人米什沃那一句话："所有的流亡诗人在回忆中访问他们的故乡，他们的守护神永远是但丁。"

从地域概念上看，在北京写诗，与在山东南部的乡间写诗，其感觉是不一样的。是距离的不同，也是位置的不同。同样，对一个远在异国他乡的人来说，他的故乡就是他的祖国。我想起捷克诗人塞弗尔特的歌唱：

她贫穷，恰似春天在荒凉的采石场上

直到现在我才发现，我对故乡有着一份难以割舍的爱。我爱我的乡村，却无法缩短时间和空间带来的距离，无法弥合观念和异化带来的缺失，在这个距离上我是痛苦的。也决定了我不能成为真正意义上的乡土诗人，感谢诗歌，它使我重新找到了故乡。

童年纪事

记忆与叙述

在最遥远、陌生的地方发现一个故乡，并对那些似乎极隐秘和最难接近的东西产生热爱。

——黑塞

那年我5岁，或许更小。我离开父母，到一个叫老家的陌生的地方去。我像待寄的邮件，随时都可能被投递得更远。我身上没有地址，也不知来自何方。这件事像拱出泥土的种子，打开了我幼小、混沌的记忆，从此才意识到自己来到了这个世界上。

我见过自己3岁时的照片：花棉袄、虎头鞋、兔耳帽，不敢相信，那个脸上抹胭脂的小男孩就是我，隐隐约约，脑子里有那么一点恍惚的记忆，照片上的我，好像刚刚哭过，害怕照相，尿湿了裤子，挨了母亲一巴掌……这仅有的印象，说明我5岁之前是有记忆的，可这种记忆又是何时中断的呢？也许是从我离开父母的那一刻。大概那是个无忧无虑的年龄，就像幼苗容易移栽，也像小猫小狗，越小越好养活。我就这样来到老家，孤零零，像一个流浪儿被认领回来。

我从来没有问过父母，为何让我离开他们，怕他们伤心。这是我记忆的空白，那时我几乎没有父母的概念，那些离开他们的日子里，我痛苦过吗？我思念过他们吗？实在想不起来了。

记忆是不能出现空缺的，不然就会让人怀疑自己的身世。懵懂的孩子总是天真地问妈妈，自己是怎样来到世上的？我女儿满月时，妻子特意用红印泥，在女儿的脚丫上一按，然后将女儿的第一个足迹，印在笔记本上。以后每年都给她留下可以印证记忆的物件，日记、照片、胎发、奶瓶甚至尿布、小衣服、生日礼物等等，后来这些东西越来越多，几乎没法再保存了，随着女儿长大，妻子逐渐失去了这种收集孩子旧物的爱好。在大人的记忆里，孩子是一天天长大的，那个红脚丫就是见证。

对于我，父母一定保存着他们的记忆。成年后我不会再去打听，至于我是怎样被送回老家的。已经不重要了。就当我从天而降，两手空空，来到一个家族中，祖父、祖母、姑姑、三叔、四叔，以及同宗的长辈兄弟姐妹，一大群人围住我，像围着打开的礼物，在手上传来递去。几个和我一般大的孩子，从大人腿缝间钻出来，扮个鬼脸，衣袖抹着脸上的鼻涕，眼里带着怪怪的目光。我从大人手上挣脱出来，转眼成了他们中间的一个。

第二天，祖父倒背着手，领我到村里转了一圈，逢人便说，我家老大的孩子。

祖父是老实巴交的农民，少言寡语，但脾气很大。他从来闲不住，几乎整天呆在外面干活，祖母能说会道，偶尔也会装神弄鬼，给受惊吓的小孩做个神符什么的。姑姑、叔叔都上学去了,常常只有我和祖母在家,祖母颠着小脚收拾家务,纺线,补衣,做饭,累了就坐在凳子上打盹。

这时,我蹑手蹑脚溜到后院,到处翻腾,墙角、床底、磨房、屋顶,吊在梁头上的篮子,凡是能搜索出来的东西,都被我找了个遍。

有一次,我在锅台旁看见蛇吞吃一只老鼠,吓得猫蹿出门外,我却一直盯着它爬进墙洞。我饿了,肚里咕噜地冒酸气,家里没有什么好吃的,一年到头,吃得都是地瓜面煎饼,窝头,胡萝卜干,生霉的咸菜。每当听到全家围着锅台喝糊粥的声音,我就兴奋异常,烟熏火燎的气味,让我嗅觉迟钝,那时我真不知人间有什么更好吃的食物。

天黑了,微弱的油灯忽闪忽闪,老宅变得像迷宫一样幽暗。我哪里都不敢去,偎着针线筐睡着了。祖母把锅碗瓢勺洗刷完毕,抱起我到天井的香台下,让我跪下,然后,念念有词,老天爷,保佑我孙儿平安!

那个夏天,我几乎天天拉肚子,久治不愈。祖母只好用这种办法给我消病免灾。香台旁是鸡窝,我迷迷糊糊地听见鸡们在咯咯地窃笑。拜完神,祖母把我抱到床上。磨房里嗡嗡地转动着,墙角里老鼠磨牙霍霍,猪在圈里哼哼,猫头鹰在树上哭泣……我再也不能入睡。

老家是一个很大的村庄。从北向南分为五个村子。整个加起来,比一座小镇都大。人口密集的鲁西南平原上,到处可见这样的大村子。我家住一村前街,两个宅院前后相连,地基宽敞,堂屋坐北朝南，东屋是客房，西屋是磨房，还有中屋、南屋、厨房，门外是个十字路口，人来人往，不乏热闹的景象。时有走乡串户的货郎，拨浪鼓咚咚敲响，很多人围在那里，换一些针头线脑、糖稀泥人。十天半月，偶有电影队来村，在我家墙外树上扯起银幕……

那时村子里有很多空地，十几棵树长成一片林子，家家户户不像现在这样挨的那么近，隔几家就是一汪碧绿的水塘。农忙时节，大人在田里忙活，村子里很静，只有一群学龄前的野孩子，赶得鸡鸭乱跑猪嚎狗叫。房前屋后随处都有荒弃的废园，我和小伙伴，常去捉迷藏，玩游戏，园子里杂树丛生，生长着各种奇花异草，也有野狐出没。

我喜欢薄荷草，采上几叶，揉碎贴在鼻孔、额头，清凉极了。有一次，我正玩得开心，伙伴们不小心哄起了一只野兔，大家拼命追赶，野兔跳过土墙，惊慌逃窜。伙伴们大声喊起来："一得四十五，二得到曲阜，三得你拐弯，四得你再回来……"

……记忆的轮廓变得渐渐清晰起来，虽然没有连贯的情节，但那些细碎的片段，犹如万花筒般变幻莫测，我的目光还不能打量一个完整的村庄，家门前一个不起眼的水洼，一片小小的榆树林，都能挡住我的视野。没有人教给我识字、看图画，也没有人给我讲好人和坏人的故事。

正是扫落叶的时候，家里来了一个人，让我喊舅舅，然后背着我走了。那时我才知道，除了祖父祖母外，我还有姥娘、姥爷。离姥娘家五六里路，隔一个村子一条河。家里正在打枣。姥姥一手抱着我，一手挎着红枣篮子，乐得合不拢嘴，小舅扔下杆子，不停地往我手里塞红枣：吃个甜的。姥爷回来了，他刚喂完牛，兜里揣了一捧黄豆，往我嘴放几粒，吃吧，刚煮的。我嘴里咬着脆枣，嚼着酥软的黄豆，好像记事以来第一次吃得那样香甜。

夜里，我躺在姥娘的怀里，很快进入了梦乡。不知什么时候，我哭醒了。姥娘轻拍着我，睡吧，可怜的孩子，妈妈来看宝宝了……我偎紧姥娘，听她哼起谣曲。那个冬天，我像冬眠的小动物，睡在姥娘的怀抱里，又安静又温暖。姥娘是这个世界上最疼爱我的人。

第二年春天，姥娘家的南墙角开了一树桃花，桃花灼灼，燃烧着我童年的记忆。这天屋檐上飞来几只喜鹊，叽叽喳喳地叫个不停。姥娘打好包袱，给我换上新衣服，拍拍我的笑脸：姥娘带小明走亲戚去。

西 园

> 童年是一个地方，一切留在了那里。
>
> ——茨维塔耶娃

村西莲坑崖边有我家的一片老菜园，大约一亩多地。祖父叫它西园。后来邻边起了房子，牲畜出来践踏，地荒了，无法种菜，祖父就在园子里栽了很多树。我去姥姥家的那个冬天，祖父在西园起土，脱坯，伐木，不声不响，盖了三间新房。祖母对我说，这里是你的新家。

知了在树上叫，一群七八岁的孩子，光着腚在街上追打。东厚跑来了，老远喊我，小明，你妈妈回来了，快回家吧。

家里人真多，我怯生生地藏在门后，好像与自己无关。姑姑拉了我一下，小明，快来，怎么还躲着呢。妈妈领着弟弟、抱着妹妹，来到我面前，小明，喊妈妈……说完，用手捂住了脸，妈妈哭了。记不清我怎样叫了一声妈妈，声音很轻，嗓子眼里好像堵了东西，我离开妈妈两年了，每当我听见小伙伴们清脆地叫"娘"时，我就低下头。而今妈妈来到眼前，我却感到生疏了，看上去她很难过。

当时由于生活困难，爸爸留在外地工作，妈妈领着我们兄妹，回乡安家落户。祖父家里人口多，让我们分开单过。妈妈带我们来到了西园。

盖了新房以后，西园变样了，三棵高大的白杨下，庭院显得格外敞亮，西墙外是打麦场，再远处是一片果园，我和弟弟高兴得在院子里打滚，蹒跚学步的妹妹，扬着小手指着叽叽喳喳的小鸟，嘴里不知说什么。妈妈却没有我们那样兴奋。她要忙着为这个家里添置些东西。屋里四壁空空，什么家什都没有，一切得从头开始。祖父默不做声，为我家搭起锅屋，垒上炉灶，邻居婶婶大娘送来许多用具，妈妈含着泪燃起了炊烟，日子就这样开始了。

那年我7岁，和妈妈一起挑起了生活的担子。家里缺柴少粮，最初买的几十斤煤，很快烧光了，每天放学后，我领着弟弟去拾柴禾，村西有一片坟地，干柴枯枝、棘刺荒草遍地都是，弟弟害怕乌鸦的叫声，趁天还没有黑，我们赶紧拣上一抱，一路跑回家。

家里快要断炊了，妈妈叹了口气：我还有些粮票，明天跟我到滋山买点面吧，吃饭要紧……

滋山离我家五里路，是方圆五十里内一座惟一的高不足百米的石丘。那时号召"深挖洞，广积粮"，滋山地下挖空了，便成了远近闻名的粮库。四周一马平川，天高地阔，惟滋山占尽一方风景。每当我从家门远望滋山，我就想起小伙伴们讲的故事，很久以前，一只老鹰驮着个穷孩子，到太阳山上拣回一袋金子，村里的财主知道了，逼着老鹰驮着他去，太阳出来了，老鹰飞走了，贪婪的财主不肯离开，结果，被活活晒死了。多少次，我总把滋山想像成故事中的太阳山。

买粮回来，跟在妈妈的身后，背着沉甸甸的布袋，一步步向山下走去，我感到肩上是沉重的。

生活虽然清苦，但妈妈总是把家里收拾得窗明几净，给我们兄妹三人穿得干净、朴素。妈妈有一手烹调秘诀，即使萝卜咸菜也腌制得清脆可口，粗粮细做，把地瓜干、玉米面一遍遍用箩筛出细粉，然后掺上一点小麦面，做出面条、水饺、油饼等各种花样的面食。

日子总要一天天地过下去，村庄是繁衍生息的地方。人们不仅要养活孩子，而且还要驯养生灵。鸡鸭猪狗牛羊骡马，不管天上飞的地上跑的田里长的，只要能吃管用，统统圈养。骡马用来拉车，牛用来耕地，鸡鸭用来下蛋，猪羊可以吃肉，狗可以护家，鸟，最无用，却偷吃粮食，让它飞在天上太便宜了，最好是剪掉翅膀，装进笼子里。

村里哪家没有一群鸡、三五只羊、一两头猪，看见东厚抱着羊羔下坡，我觉得很好玩。妈妈却说这些小东西太脏。妈妈不愿养家畜是有原因的，她常年有病，抚养我们兄妹仨已很不容易。祖母却说我家不会过日子。

也算是入乡随俗吧，妈妈赶集买来了几只雪白的小兔子，红眼睛，长耳朵，放在地上像随风拂动的绒毛，一家人围着它们团团转，不知如何是好。妈妈说，养大了，卖兔毛，换钱。

孩子对钱不感兴趣，却喜欢兔子。于是，几个小伙伴闻声赶来，帮我给兔子筑窝。东厚、小水有经验，先在院子里选一块地势高、向阳、通风的地方，然后挖开土，夯实，做巢穴，再用砖垒好通道，覆盖上树枝，留下两个进出口。最后培土，大家一拥而上，七手八脚，连踩带跺，小堡垒建成了。把兔子放进洞口，开始它们还在那里伸头探脑，接着便钻进它们的安乐窝。

我们割来青草，放在洞口，几个小家伙闻见气息，蹦跳出来，边吃边玩。弟弟妹妹把碗里的饭省下来喂小兔，引得它们朝屋里乱跑，妈妈眼里嗔怪嘴里却没说，小兔大胆地跳上板凳，扬起前爪，叫了两声，把我们逗乐了。就这样兔子很快长大了。

一天夜里，我被几声怪叫惊醒了，我细听了一会儿，好像是鸡鸣，妈妈问，看看鸡窝堵好了没有？我悄悄地走到院子里，挡鸡窝的石板正在把门呢，我放心地缩回被窝睡着了。清晨，妈妈拍着窗户喊开了，快起，快起，兔子呢？兔子跑了！我翻身蹦到院子里，一下子懵了：昨天夜里忘了盖洞门。干草边留下几缕兔毛，一片爪痕，一行血迹。祖父匆匆赶来，看了看说，不要找了，是狐狸干的。顺着血迹望去，只见西墙跟不知什么时候掏了个大洞，狐狸从那里溜走了。

我咬着嘴唇，既而号啕大哭，全是我的错，昨夜我到前村看电影，回来后把兔子的事忘到梦里去了。一连几天，我手里拿着镢头，在坟地、树林里，像个猎人四处转悠，狐狸肯定不知躲在哪里不敢出来，也许它正窥视着我吓得要命呢。多年后，我听说狐狸已经从村里绝迹了，想起"兔死狐悲"这个词，我心头又蒙生一片悲凉。

祖父提来了一只草筐，我以为又送来了瓜果，伸手去接，祖父说，别再养那些稀奇的东西了，养只猪佬佬吧。说完，祖父放下草筐走了，一只小猪跑了出来。

小猪哼哼叽叽，跑到兔窝旁，在地上乱拱，它怎敢占据兔子的家？我连忙去撵，它却毫不理会，赖着不走。妈妈说，小猪饿了，端出一盆刷锅水，轻轻唤了一声，小猪调头跑去，津津有味地吃喝起来。

不久，我们看出这是只病猪秧子，它虽然很能吃食，但久不见长。我告诉祖父，他说，亲戚送的又没花钱，好赖先养活着吧。妈妈请来兽医，他提着小猪瞧瞧说，没事，胎里弱，养养就好了。我不喜欢这位新客，嫌它碍手绊脚，经常踢它一下，只有妈妈悉心地照料它，给它喂食。慢慢地，小院里响起了小猪的欢叫声。

几个月后，小猪长高了，一副憨态可掬的样子。除了吃和睡，就是哼着一支老调，听不出它是悲还是乐。家里没有食物，全靠我下坡挖野菜喂它。转眼暑假到了，祖父喊我去割草，说是青草晒干，到冬天打成碎面可做猪食。

天刚蒙蒙亮，祖父推着独轮车，我背着草筐，来到离村很远的一片洼地。这里蚂蚱纷飞，蝶舞花香，望不到尽头的青草，人一辈子都割不完，我们边割边把草摊开，让太阳晒着。傍晚，干草堆起了一座小山，祖父把草打成捆，搬到推车上，我不愿意，非要装满筐背走不可。

祖父推着一人高的草垛，我背着装得几乎比我大一倍的草筐，累得歪歪斜斜地往家走。那时我已意识到与祖父分家了，应该有属于自家的东西。也许祖父看出我的私心，把所有的草都推到了我家。

吃了一冬干草的小猪，熬过青黄不接的三月，又迎来了夏天。由于缺乏营养，小猪长得又瘦又长，像一匹饥饿的狼，站起来两腿打颤，邻居说，你家的猪该追食了。于是我从田野挖来马蜂菜、苋菜，妈妈碾了地瓜干、豆饼，小猪吃得欢极了，白天躺在阴凉里，像醉汉打着酣，很快身上挂住一层薄膘。祖父说，有二百来斤了，卖了吧。那天中午，我回到家里，小猪就不见了。

西园里空荡荡的，庭院刚刚打扫过，洒了水，铺上了一层新土，干净得不留一丝痕迹。弟弟妹妹用手指着门口，兴奋地说，妈妈买糖去了。

乡间的虹

> 我是被天上的彩虹，罚入地狱的。
>
> ——兰波

那年夏天，村里发生了许多奇怪的事。

一场暴雨过后，一道炫目的彩虹神秘地挂在天上，仿佛不祥的预兆。那天我家的白杨树上，落下上百只死麻雀，全被前院小水的奶奶悄悄地拣去了，随后，四邻的孩子吃到了焦黄的油炸麻雀肉。

落过麻雀的地上，突然爬满了密密麻麻的黑蚁，孩子们抱来一堆柴禾，把它们烧得精光。

接着，队里的牛老死了，男女老少一窝蜂聚集到牛屋大院里，端着大碗小盆，准备吃肉喝汤。人们把牲口牵得远远的，拴在桩上。

大锅的水沸腾了。牛皮剥了一半，屠夫不慌不忙地坐在一棵树下，喝茶抽烟，孩子们围着他乱转，梁家憨子忍不住了，提刀走过来，大爷，快杀，杀完我们给您老打酒去，屠夫半闭的眼睁开，好啊，给队长说，现在就去，老子不喝酒没劲。背后冒出一声驴叫，引来众人一阵哄笑。

这时候，队里的会计提着几只酒瓶跑来了，屠夫咬开瓶盖，扬起脖子咕噜咕噜喝了大半，然后操刀，大喝一声，吊起来！血淋淋的牛架悬在横木上，开膛破肚大卸八块，牛头、杂碎统统抛进大锅，肉，按人口论斤两分给各家。

一直忙到天黑，大锅里的肉汤才分到众人碗里。肉汤散发一股刺鼻的干草味，很多人饿坏了，来不及细品，就把汤灌进了肚里。牙口好的小伙子，大口嚼肉，老人、孩子嘴里含着撕不烂的牛筋，睡觉前都没有咽下去。

那天夜里，整个村子鼾声四起，偶尔响起杀猪般的嚎叫。早上起来，街上议论纷纷，说是屠夫揣着一块牛心回家时，趁着酒劲顺路把队长家的两头猪全宰了。梁家憨子半夜从牛圈里爬起来，发现人走茶凉，大锅旁剩下一堆白骨，原来大伙把他给忘了，气得鼻孔冒烟，举着铡刀嚷着要杀牛。巡夜的民兵闻讯赶来把他擒住。

几乎所有的人都看见了，屠夫和疯子被捆绑在村里的老槐树上。中午来了一名公安，把他们铐走了。

村里并没有平静下来。分回家里的老牛肉，煮了三天三夜都没有煮透，切不动，砍不碎，有的干脆扔到院子里，弄得鸡飞狗跳。

时而阴沉，时而晴朗的天空，让人心神不宁。眼看麦子熟了，热风吹来泥土的清香。家家户户磨镰霍霍。

学校放了假，让我们回生产队参加麦收。其实，割麦用不着我们这群八九岁的皮孩子。队长一声令下，在村头喊开了：都听着，看好自家的门，管好自家的人。谁家的孩子，都不准下坡偷麦子，全都给队里的牛割草去。

过了数日，麦子收得差不多了，大人还没起床，就把孩子们轰起来。于是我们挎着篮子，成群结伴到田里去拾麦穗。地里的麦穗所剩无几，我们像拉网一样，从一块田到另一块田扫荡而过，更多的时候，找一块树阴凉围坐一起，玩一种叫憋死牛的游戏。有人用马蜂菜梗撑起眼皮，做个鬼脸，还有人用八卦草，掐算天上是否下雨……

天空突然一声巨响，有东西从头顶上飞过，几块卷曲的铁皮落在身边，好险啊，大家面面相觑，惊呆了。接着有人指向打麦场，只见那边烟尘迷漫，人群忙乱。伙伴们撒开脚丫奔跑而去，我胆小怕事，故意落在后面。迎面看见梁家憨子在路边上，幸灾乐祸地大叫，快来看啊，打麦机爆炸了！有人冲过去，照着憨子的脸，扬手一耳光，死人了，人头镦掉了！

西天上来大片火烧云，一阵旋风，扬起了夹杂着糠草的黄土，刹时天昏地暗，我揉着迷进沙土的眼睛，脑袋里嗡嗡响。一辆马车飞驰而去，车上坐着很多人。

打麦场上一摊血红，草秸、麦粒散落一地，一头驴拉着碌碡跑出了场外。

全村的人一夜未睡，天亮前有人回来了。消息不胫而走：后街的一个小伙子死了，脖颈被打麦机爆炸的碎片割断，当时就没气了。顿时，村里哭声一片。

队长二话没说，派人把死者装进棺材，拉回来没进村就埋了。然后召集全村人开追悼会。小伙子叫来顺，长得一表人才，年底高中毕业。队长沙哑的声音在牛屋大院里回荡：人贵有一死，或重于泰山，或轻于鸿毛……

来顺的娘哭得死去活来，挣脱众人的劝阻，非要看看儿子不可……我不敢再看这种场面，小伙伴们拉着我，要去看来顺的新坟，我们凑空跑了。

来顺埋在村西北的洼地里，坟头不高，四周是大片的茅草、王不留和狼毒花，还有一种紫花，让我浑身起鸡皮疙瘩。有一次我梦见，小伙伴把我一个人留在那里，我跑啊，跑啊，怎么也跑不动。从此，想起西北洼，我就感到恐惧……

来顺的死，给村里笼罩了一层阴影。有人说来顺死的那天，莲坑里的荷花提前开了，一道天光出现，他是被王母娘娘接走的。接着，发生了另一桩事，村南的西红柿地里，一个看园的姑娘因逃婚喝药自杀了。于是有人说那姑娘和来顺来生有缘。还有人看见那日晴天霹雳，来顺的坟裂开一道缝，飞出两只翩翩飞舞的蝴蝶。那人摇着蒲扇说得神乎其神，吓得我们几个小孩直伸舌头。

漫长的雨季来临，青禾吸足了雨水，一个劲地猛长，玉米、高粱、谷子、大豆，齐刷刷窜出半人多高。田野深处有一种鸟老是呜呜地叫，隔着五六里路听，就像离着几十米那样清楚。青纱帐里风声不断，哗哗啦啦，各种声响此起彼伏，这时，谁家孩子也不敢单独下地。

　　那时，天真蓝，时常有一道彩虹弯下来。从虹的这一端到那一端，就像走亲戚一样近。小伙伴们又要割草去了，我们唱着歌谣：

燕子低飞，蛇过道，
大雨不久就来到。
　　　*
东边彩虹，西边雨，
南边彩虹闹饥荒，
北边彩虹动刀枪。

　　谁也不知道唱得什么意思，我们只是一遍遍地干吼。过了一会儿，燕子真的飞来了，贴着池塘打转，草地上的蜻蜓惊慌散去，这时，几个大孩子正在水塘里扎猛子，抬头喷出一串水花。

　　小伙伴们耐不住了，紧接着，一个个光腚猴像青蛙一样，"噗腾"跳进水里，有的在荷叶下面蹿动，有的扎在水里憋气。有个大孩回头向我招手，那个大孩我叫他泉哥。

　　坑边上水很浅，刚没过肚皮，泉哥过来教我学狗刨，我呛了几口水，一会儿便能自己凫水了。

　　泉哥扔下我，向深处游去，找那群大孩子玩去了。我在水边打了几个"澎澎"，觉得没趣，转身看见离我不远的地方有一朵荷花，不由自主地向那里走去，伸手几乎要够到那朵荷花了。

突然，我脚下一滑，水涨到了胸前。我听见有人在喊，快回来，前面的人拼命地向我游来。心一下子跳进喉咙，还没有叫出声来，水已淹没了我的头顶……挣扎，呼叫，绝望中，没有比四肢更多余、更无能为力的了，我在下沉，下沉，仿佛从悬崖跌到无底的深谷。

那一刻我的知觉消失了，我不知道自己变成了什么，是水中的鱼儿，还是空中的飞鸟，或者是一摊泥巴。不知过了多久，一道光出现了，随即我看见了太阳，很多人扛着锄头牵着牛羊正走在彩虹上……

睁开眼睛，我得救了。很多人围着我，深深地舒了口气。我活蹦乱跳地站起来，好像什么事也没有发生似的。

我获救的过程，事后才知道。先是泉哥一个猛子扎过来，从水下抱住我往上推，我的手却掐住他脖子不放，于是两人扭缠在一起。过来的人谁也插不上手，大伙齐声大声喊：救人啊！这时，正在附近瓜地里干活的一个青年，听见呼救，急步跑来，穿着衣服纵身跳进水中，抓住我的手脚拎到岸上。我至今不知道他的名字，只听说外号叫"假妮儿"，就在那年冬天，他当兵走了。

很多年后，我偶尔也想起那个溺水的孩子，也许我和他已是两个不同的生命。

割完草回到村里，全家人正在惶惶不安地找我呢。妈妈一步跨进家门，抓住我的胳膊，悲喜交加，汗水泪水一起从脸上流下来。祖母端着香炉呆望着我：小祖宗，可把俺吓死了，你死到哪里去了？抱住我就跪在地下磕头，祖父说，这孩子命大，大难不死必有后福。

我浑身筋疲力尽，昏沉沉睡去。不知不觉地进入了梦乡：我来到哪里了？这样熟悉而陌生，那不是村西荒弃的窑场吗？空旷的洼地，燃烧过的泥土。四面的青纱帐像乌云一样围拢过来，眼看就要淹没我了。突然，我的身体飞起来，漂浮在高空，我看见狂风翻腾，大雨倾盆，巨大的鱼群贴着雨水像鸟儿一样飞翔……

后来，我的梦得到了验证：就在那个雨天，很多人从高粱地里拣来整筐的鱼。老人们说，鱼是从百里外的微山湖上迎着雨水飞来的。

外面好像还在下雨，隐约听见祖母在说话，这孩子说了一夜胡话，恐怕是丢魂了。我病了，腹胀耳鸣，高烧不退。祖母招魂不灵，妈妈请来医生给我吃药打针。等我醒来，已是三天后的上午。

雨过天晴，蝉鸣摩擦着清脆的空气，树叶上滴下清凉的水珠，我舔着唇，走出家门，村里静静的，好像空无一人。那道彩虹仍然悬挂在天上，和以前的没什么不同。

经过秋天

每当秋天来临，我的心情变得格外清澈，敏感，惶恐，犹如谷地的麻雀，在一片又一片空地上，飞落，躲闪。

不知那一丝秋的凉意，是怎样漫不经心地擦过行人的身边，树阴慢慢地减少，街道变得宽敞，透出如释重负的轻松。我生活的这座小城，显示出一番少有的神气。

我不想再出远门，回到家里，躲进我的小屋，在一堆凌乱的落叶般堆积的书页中间，我开始读书、写作，无所事事，消磨时光，度过漫长的冬天，直到第二年春天。

夜晚比往日来得更早了，这时，四周响起邻居关窗户的声音，"嘭"、"嘭"，仿佛背后有许多手伸出来，我感到恐慌不安。我拉开窗帘，室内的灯光投向窗外。

夜深了，京沪线上隆隆驶过的列车，传来低沉的笛鸣。此起彼伏，穿透星空，把我的梦乡带到遥远的地方。

在这个世界上，我的人生道路已走过29个春秋，在这个年龄段上，许多我所敬仰的大诗人，早已用辉煌的才华抵达生命的顶峰。我所看到的星空，像一个巨大的、无边的屋宇，铭刻着人类的诗歌和预言，我阅读、陶醉，沉思其中。普希金、兰波、叶赛宁、马拉美、阿波里奈尔、李白、陶渊明……这一个又一个我所喜爱的名字，像一颗又一颗在遥远的天体中时隐时现的光芒，使我在冥冥宇宙茫茫黑暗中，看见了属于自己的那点微弱的光亮——尤其在我写作的时候，那燃烧的灯丝，像一截阳光，炫耀在我的头顶之上。我默咏，内心激荡："黄金在天上舞蹈，命令我歌唱。"

几年前，我做矿工时，曾有过一次难忘的感受。记得那天傍晚，我在锅炉旁打水，无意中看见到了燃烧的炉火，我怔住了：一群浴火的精灵，在眼前热烈地舞蹈……我突然想起在矿井下裸露着臂膀劳动的情景，不知为什么，一阵心酸，忍不住流出泪水。我在《今夜星光灿烂》中写道：他们跪在地层，抡起大镐像母亲祈祷的样子。世界天天都在燃烧，所以他们天天都在流汗。高炉冒烟，毕加索的和平鸽飞到云层里。

> 让一只钟情的鸟儿歌唱火焰吧
> 燃烧的世界啊，不能没有这种爱情
> 我在炉火的痛苦中，看见——水流

一首诗的出现，正如阿莱克桑德雷所说的是"两个黑暗中的一道闪电"。它实际上是借助我们的感受作暂短隐现或瞬间消亡，我们只有不失时机地抓住它，才能在物质世界里感觉它的存在。

有时我常想，诗到底是一种什么东西？我们为什么写诗；诗人和语言是一种什么关系？我发现：诗，不是人们所说的那样，也不是人们想象的那样。我怀疑诗是否存在。最终人们将看到，诗离我们越来越远，我们得到和寻求的，往往是一些诗意的代替品，比如说，我们把阳光的代用品称之为"奶粉"诸如此类的隐喻。如果我们掌握的知识，只宜于无土栽培，那些纯化的诗意，只存在于观念的假相之中，那么，真正的诗时刻都在死亡。我为这一事实，深深地感到无言。

必须有一个和我们生存的现实相对应的理性空间；必须使诗歌远离被迫的境地。当我们面对一些司空见惯的词：真理、良知、祖国和人民，我们就会做出真诚的回答，而不是含糊其辞。

那些众说纷纭的声音，并不能掩盖我们内心的变化。我在探寻，从兰波所说的"我是另一个人"，我看到了马拉美的"所有真实花束中没有的那朵理想之花"；通过里尔克的"现实和镜子的反光"，我找到了帕斯的另一个时间（现时、现在）。此刻我知道，我必须经过这个寂寞的秋天，才能抵达冬天的雪地。

听听窗外的风声吧，是什么从屋顶之上的树枝上哗然飞落，我写过的那些诗篇也随之而去，我感到空荡荡，整个身心漂浮起来，像一片落叶悬在空中。

旧　梦

一些经历，往往要等到很多年以后，才能看清眉目。回忆往事，我们不可能把所有的一股脑道出来，只能慢慢地想，慢慢地说。

那是从1981年秋天，我奉命去安徽霍邱县接新兵。秋雨连绵，阔大的法桐树叶，经不住风吹雨淋，纷纷飘落。

一连数天，我呆在县武装部里，除了睡觉无事可干。那天傍晚雨停了，我急不可待地走出大门，刚拐过路口，看见一家照相馆，突然想起，很久没有给家写信了，能拍张相片寄给父母该多好啊。

我无心再去逛街，于是我走进荧光灯下，面对一架魔术道具般蒙着红布的相机，思乡的愁绪，如同雨后的晴空，云消雾散。第二天取相片时，拍照的师傅告诉我："对不起，相片没有显影，重照吧？"无奈，我答应了。我再次取照片时，师傅说："怪了，可能曝光不足，相片洗出来了人影模糊……抱歉，再照一次吧。"见他诚恳，我只好说，没事，就算我过照相瘾吧。第四天，见到我，那师傅又是为难的样子："和前两次一样……你看，退款给您吧！"拿过一瞧，黑白照片：一个身穿高领衫的人影，身材瘦长，但面部一片白光，只见大约轮廓，不辨真相……那是我吗？一阵愕然，像面对突如其来的恐吓。当我愣过神来，才发现自己经受一次虚无的打击。

　　"照相事件"，在我心里留下一道阴影。它使我想起每次面对写作时的惶然，相形之下，那些不可捉摸的文字，又是怎样把内心的恐惧、快乐和震惊，清晰地呈现出来的呢？当我再次正视那架相机的镜头。我的头脑里会不会一片空白。正如我现在努力回忆那些细节，仿佛经历了一个旧梦。

画画的孩子

　　街道两旁拉起一道数公里长的围墙，墙壁是临时性的，简易，整洁，墙面抹成白色，围墙里面是一座庞大的建筑工地。一天，我从这里经过，看见一群孩子拿着彩笔走来了。他们来自这座城市的十几所中小学，也许有几百人，由北向南，有序地排开，把围墙两侧变成了画廊。孩子们有的描图、有的添彩，画上了各种各样的图案：可爱的动物，碧绿的草地，盛开的鲜花，蓝天、白云、海洋、河流和山川……他们的想象是自由的，线条无拘无束，色彩随意挥洒，翅膀在宇宙翱翔。

　　这座城市为他们腾出了一块比练习本更大的地方，供他们完成心灵的作业。我羡慕这些画画的孩子们。

　　城市里有太多的墙壁，大理石的、水泥的、砖头的、玻璃的，有的豪华，有的简陋。形形色色的广告，五彩缤纷的霓虹灯。即使那些仿古建筑，也装饰一新，披红挂绿，更不要说那些商场、酒楼了。城市的变化日新月异，每当我走在高楼林立的大街，总有一种超乎想象的感觉。这在二三十年前，人们是难以企及的。那时，我是一个孩子，当我第一次顺着贴满大字报的墙根闯入这座城市时，看到的是插满红旗的街道。我不知如何说出一个乡村少年的惊喜和茫然，面对那场运动的尾声，我却一无所知。无论处于怎样的时代，孩子的眼睛里是晴朗的，充满美好的希望，因为孩子不会把苦难当作苦难，不知道把幸福当作幸福。

70年代末的那个冬天，我过早地踏上人生之旅。在南方一座陌生的城市里，我感到远离家乡的孤单和寂寞。那时，我开始写作。就在我拿起笔写下迷惘的时候，我读到梁小斌的一首诗："妈妈，我看见了雪白的墙……看见一位工人费了很大的力气，在为长长的围墙粉刷。他回头向我微笑，他叫我去告诉所有的小朋友：以后不要在这墙上乱画……那上面曾经那么肮脏，写有很多粗暴的字。……比我喝的牛奶还要洁白、还要洁白的墙一直闪现在我的梦中……我爱洁白的墙。"这样的诗句，像一朵明快的云，驱散了我青年时代的阴沉和忧郁。而这一切转瞬间成了"远去的晴空"。

面对那些在墙上画画的孩子，我多么想说："我看见了雪白的墙。"不知道他们是否明白我的心情，但他们的快乐让我感动。快乐并不在于贫穷或者富有，而是源于纯真的天性和自由的心灵。一位名叫雅克·哥德布的加拿大诗人，写过这样的诗《他们一定玩的很好》：

> 撒哈拉沙漠有群孩子
>
> 没有美国制造的玩具
>
> 于是他们自己动身制造
>
> 可是他们没有纸也没有剪刀
>
> 没有颜料也没有浆糊
>
> 于是他们拿来骨头
>
> 那些死去骆驼的骨头

中国很多的孩子，如今也有了美国玩具，但他们未必知道"撒哈拉沙漠的孩子为什么一定玩得很好"。

我羡慕这些画画的孩子们。他们的童年和少年时代，在这座城市里留下了清晰的记忆。

不会唱歌

不知从何时起，你发现自己嗓音干涩，尤其是在酒场或舞厅，当众人推推搡搡，非让你"卡拉OK"时，你突然变得窘态十足，无言以对。

听别人唱歌祝词，也想随着节拍哼几句，可一旦唱出声来，不是走调就是瓮声瓮气，不成样子，只好作罢。干脆，你从此甘当听众。

坐在听众的位置上，你看人家争先恐后地引吭高歌，开始有点失落，久之便泰然处之，我行我素。

也许是同病相怜，你常常留意那些和你一样不会唱歌的人。

不会唱歌自然失去了一些自我表现的机会。比如，在某种聚会时，大家都能快乐地唱上一曲，或豪情满怀，或情意绵绵，惟你坐在一旁默不作声，就会显得过于拘谨、呆板，有碍活跃的气氛。假若此时有人恭维你玩深沉，那不是很尴尬吗？其实，如果音乐过于疯狂，噪声四起，群情雀跃，你还是会嚷几声的。怕就怕场合又是那样优雅，恰巧有几位漂亮的女性在场，你依然是那种不苟言笑的样子，不是有失风度吗？

人们的目光投在歌者的身上，那是一个引人注目的中心，一个焦点。不会唱歌，不管你站在哪里，都是幽暗的角落。舞曲响了，灯光环绕在四周，那种时候，你不需要再掩饰什么。不会跳舞，不至于像不会唱歌那样难堪。

"不会唱歌"就像某种生理缺陷一样，可能被看做是不幸，尤其是在亲朋好友和心爱的人面前，谁不希望亮出最动听的歌喉，献上自己美好的祝愿。唱歌——无疑是人们表达情感——最好的形式之一。

为了活得轻松一些，人们已习惯用音乐来装点生活，用"歌声"包装人生。一时间，几乎所有的酒楼都设置了KTV包间、卡拉OK音响。电视上点歌、送歌成了"人情快餐"。渐渐地，充斥耳边的是一次性挥霍，"一次爱个够"、"过把瘾就死"、"爱的死去活来"，陈词滥调泛滥成灾，赤裸裸地表白，贪婪地索取。"不会唱歌"，自然也就失去了那种装腔作势、附庸风雅的"能力"。

有一次，友人宴请一位外地客户，请你作陪，宾主相聚在小城的"汉城大酒店"，上的是朝鲜风味菜，席间，有人为投客人欢心，叫来一位朝鲜族小姐献歌，身着裙装的小姐略带几分矜持，桌前一站，便用朝语唱了起来，小姐虽面带春风，歌声却忧伤、凄婉，你一听就知道是电影《卖花的姑娘》中的主题歌。许多年前，你的同龄人都为这支歌落过泪，花妮领着妹妹沿街乞讨的情景，一下子出现在眼前："买花，买花吧——"悲凉的叫喊声，揪心撕肺。这时听到这支歌，你好像不留意时被刀片划了一下，感到莫名的心酸和疼痛。小姐唱完歌，嫣然一笑，走了。你突然感到食而无味。

其实，有许多东西是无法回避的，面对时又无可奈何。假若同样的场合，有人不无诚意地对一位诗人说，请朗诵一首诗，为大家助兴吧。那不是更尴尬、更无聊吗？清高也罢，媚俗也罢。

如今的生活变得更热闹了。热闹得让你不知如何面对，即使朋友之间，过去那种严肃的话题日渐稀少，很难再有那种平静述说、倾心交谈的环境了。相聚时更是海阔天空，东侃西聊，不着边际，末了，总有人起哄："唱歌，唱歌！"吼完，一哄而散，似乎都兴致勃勃、心满意足了。回家的路上，霓虹灯扑朔迷离，流行曲虚幻缥缈。

不会唱歌，不能说不是人生的缺憾，当太多的痛苦和欢乐积淤在心头，你想倾诉却又找不到表达的方式，那种苦闷就像是嗓子里含着沙子，心中压着石头。这时，唱歌是一种补偿，听别人唱歌更是一种享受。心弦随着音乐颤动，仿佛全身都在唱。

夜深人静时，当你面对一盏台灯，你渴望自己写下的每一行文字都能谱上曲子，没有音乐的时刻，歌词承担太多的沉重。

泰山横北郭

第一次登泰山是八十年代初期，那时我还是一名矿工，体轻如猿，一身朝气。噌，噌，噌，脚下生风，一口气就能爬到半山腰，什么中天门，十八盘，南天门，玉皇顶，全不在话下。

后来多次去泰山，都没有第一次那样的新鲜感。或者中途就退却了，或者干脆到山后的水库边与朋友喝酒去了，再也没有了登山的欲望。

杜甫初登泰山时，是踌躇满志的少年，一句"齐鲁青未了"，气壮山河，雄风扑面。而李白登泰山时已是人近中年，"天门一长啸，万里清风来"——这位写出"行路难，难于上青天"的诗人，虽也豪情满怀，却不免有些气喘吁吁，力不从心。所以说，登泰山要趁年轻，有野心，有斗志。等到人老了，只想到归隐。

登山其实只是一个过程。相对于漫漫人生长路，十八盘又算得了什么．想起当年那个从地球深处登上泰山极顶的矿工，面对世上美景，我只有喃喃自语：天空真蓝！天上真美啊！

我与泰山的缘分，是从父亲那里开始的。50年代初，父亲从泰安林校毕业后，成了一名林业工作者。从此，一辈子在大地上栽树，护林，从沂蒙山区到鲁西南平原，他栽下的树，就是他人生的足迹．

泰山——应该说父亲植树生涯的开始。

父亲常说起他们上学的时候，每周都要去爬十八盘，登玉皇顶，看日出……他们在山顶上唱歌，跳舞，朗诵诗歌，他们唱《山楂树》、《一条小路》，哼着圆舞曲，背诵马雅可夫斯基的诗歌。那个年代，他们怀着对共和国的热爱，把青春热忱，尽情地挥洒在山涧，溪流……

父亲说，他离开学校后，再也没有登过泰山。十多年前，我劝说父亲，再登一次泰山吧，我陪他故地重游。他却说，你忙，等你有空的时候再说吧。我知道他是推辞。每次问他，父亲都这样说．我也觉得，反正离泰山很近，现在有了高速公路，开车不到一个小时就到了，什么时候去不行呢——阳春三月、初夏五月、金秋十月，还是落叶翻飞的初冬？选择什么时候，都有不同的情趣、别样的景致。大自然四季皆美景，可是人生却不同啊。

直到今春，我再次向父亲提出带他出行时，父亲拉着我的手，半天才说，不行了，爬不动了。要去，你带孩子去吧。爬泰山，要趁年轻时……父亲已经七十多岁了，去年冬天出院后，身体渐渐衰弱，只能在庭院里溜达，不能再出门爬山了。"对于高山，只有仰止"，想起汪曾祺先生70岁时在一篇写泰山的文章中说的这句话，我心里很难过。

小时候，父亲是我们的根，也是我们背靠的阴凉，他走到哪里，就把我们像树苗一样移栽到哪里。长大了，我也落地生根，在泰山之阳——鲁西南平原上的一座小城里安居，以写作谋生。

有时外出，与天南海北的朋友交往，问起家在哪里？我说，兖州！啥地？因为地名古僻，往往说了半天，人家都搞不清楚。我只好按方位说，泰山向南90公里，孔子老家朝西15公里。这样人家就明白了：好，有空找你爬泰山，逛孔府，我趁机邀请。可再次见面，人家却说，已经去过泰山了，坐火车路过你家，当时匆忙，来不及停留。我虽说了大话，却终究没有尽到地主之谊。

我生活的地方——从地理上说属于泰山冲积平原的一部分，这里地势平坦，视野开阔。而周围方圆百里，群山起伏，远远望去，风起云涌，如夏日的地平线。蒙山、徂徕山、孟良崮、尼山、石门山以及以怪石著称的峄山……这些或大或小的山脉，与泰山有着水乳交融、血脉相连的关系，众多的泉流从泰、蒙山脉汇集成河。其中最有名的当属汶水、泗水，李白诗曰"思君若汶水，浩荡寄南征"，"秋波落泗水，海色明徂徕"。如果把流经地面的河流比喻成田野上蔓延生长的枝叶，而渗透在地下的水系就是延伸的根脉。鲁西南平原土地肥沃，地下水资源丰沛，不能不说得益于泰山之泉的滋养。

二十多年来，我骑自行车、摩托车或乘汽车，几乎走遍了泰山南部几十座大大小小的山岗，我没有别的奢求，只是对这片土地感到好奇。如果说是出于某种冥冥中的默契、暗示，我是否可以把泰山当作心灵的坐标。这么多年来，倘若真有这样一个可以支撑我写作和想象的空间，那么，它的存在，就像帝王一样统领着我的梦想，我的方言、气味和领地。我认为，所谓"一方水土养一方人"，绝不是今人固守的一县、一乡，而是一个相对完善的自然区域，包括山峦、河流、土地和生态系统，其次才是村庄、城镇和公路构成的人文环境。

长期生活在一个地方，十年，二十年，久之，就会对当地的自然、人文发生兴趣，慢慢地，也会滋长出一种狭隘、固执和夜郎自大的乡土认同感。

我一直景仰古代诗人仗剑远行、登高远望的气魄，也羡慕古人那种寄情山水、放浪江湖的情怀。然而，一生喜好游历的李白、杜甫，几乎有着同样悲惨的晚境：颠沛流离，无所寄身，最后客死他

乡。这种境遇，与他们早年意气风发，同游鲁郡的情景，不可同日
而语。其实，他们多么渴望有一个家园，一个安身立命之地，可哪
里又是他们灵魂的归宿？哪里才是月亮的故乡呢？其实，若不是命
运的驱使，人活在哪里都是一样的，哪里都是一方风景。

　　一位毕生从事考古工作的老先生，知道我的想法，从一本极为
珍贵的古书上为我复印了一幅《鲁国图》。从这幅图上看鲁国、看泰
山，真的太奇妙了。泰山之阳的鲁国，简直就是一座缩微的园林。
这不是那种有经纬度和精确比例的地图，而是一种近似绘画的图
景：泰山的背景是立体的，河流、庙宇和丘陵则是平面构成，整个
画面给人一种站在山顶俯瞰大地的感觉。我想，由此来理解杜甫所
说的"一览众山小"会别有一番意境。

　　杜甫少年得志，其父为兖州司马，他登兖州城楼，也像站在泰
山极顶那般心胸开阔，气度不凡："东郡趋庭日，南楼纵目初。浮云
连海岱，平野入青徐……"当年，李白家居沙丘城鲁门东（今兖州
城东），在泗河岸边，李、杜携手相聚，把酒临风，情深意长，留下
一段千古佳话。

　　如今，每当我踏上城东的那段河堤，仿佛看见了李白与杜甫话
别时的情景："青山横北郭，白水绕城东。此地一为别，孤篷万里
征。浮云游子意，落日故人情。挥手自兹去，萧萧班马鸣。"对这首
诗，一位学者解读说，这里的"青山"应该是指泰山，我相信这是
对的。

　　雨过天晴的春日，从河堤上向北极目远望，我不止一次看见了
浮现在云端的那座山峰，听见了掠过田野的布谷鸟清脆的叫声，我
在诗中写道：

　　　　我坐在平原上，听鸟儿叫遍周围的山冈

看见四面打开的窗户

一棵大树移动它的手掌

流经身边的河流啊，

让我的一生变得多么空旷，云在天上休息

山顶的融雪流过众鸟的翅膀

这是光的作用，使我们的井水变得甘甜

使我们的视力到达极限

　　每次乘火车从泰山脚下走过，透过车窗，看见山影在眼前缓缓移动，那一刻，常令我激动不已。我喜欢从远处看山，看天空下的山峦在日光的照射下不断变幻的景象。

　　群山耸立，如一堵高墙把山城围拢起来。每日晨昏抬头向北，青山静卧，仿佛参天的森林连天接地，风吹不动，草木不惊。阳光照射的正午，大山的面目，渐渐地呈现在眼前，放大，聚焦，清晰，感觉就像在望远镜里看见的景象：明晃晃的山谷，岩石的褶皱，满坡桃花，照亮了贫瘠的山岭……

人活在空气里

晚上，朋友老冯在电话里说，天暖了，没事别老是待在家里，出来走走吧。我如约来到路口等他。

整个冬天，我几乎很少晚上出门。在我居住的小城里，多数居民仍然要靠烧煤来取暖过冬，所以每到傍晚，空气中烟尘迷蒙，夹杂着化工废料、酒糟和纸浆霉烂的气味，它来自上个世纪异常红火的工厂——像幽灵一样经久不散。夜色笼罩的街道上，行人冷清，让人想起雾都伦敦——黑白电影里的画面。在这样的气氛里呼吸不免有一种压抑。也许我的说法有点夸张，但是，烟囱耸立的时代并不遥远。尽管我们已生活在信息网络密布的天空下。

倘若真是寒风凛冽、冰天雪地的天气，心里肯定要透爽得多。呵着热气、穿着厚厚的棉装到户外跑一跑，会变得格外精神。怕就怕这种乍暖还寒的天气，白天里尘土飞扬，夜晚又是烟雾弥漫。

老冯出现在近处的路灯下，他慢条斯理地向我走来。这位辞官赋闲的老兄，已放弃了奔波和忙碌，从他行走的样子，看出一种常人少有的放松。用他的话来说，散步就是散步，别想一大堆问题。否则，太累。

我问老冯，向哪里走？他说，广场！平原上的小城，既不靠山也不临水，四周没有更高的地貌，街道马路虽然宽敞，但毕竟不是散步的地方，商店闹市虽然灯火通明，也并不适合说话聊天，小城里没有咖啡馆，没有茶楼——却不乏豪华的宾馆，热气腾腾的酒馆。到哪里走？当然也可以到田野上去，跨过马路不远就是，那里麦苗正在泛青，树木等待发芽，风吹草动，荒野里寂静无声，那种享受太奢侈。

我知道老冯为什么要到广场去。赋闲并不是无事可干，作家老耕近年专事草坪研究，承揽了这座广场的绿化工程，请老冯当顾问。数万平米的绿地如今已是青草如茵，松柏葱郁，老冯的任务是看管这片青草，观察它们的长势如何，至于何时需要施肥、浇水和剪草，他不问，一切都由老耕安排。老耕乃性情中人，有时翻身躺在草地上叹气，也许，他心里依然有一份惦念——那是他至今不肯放弃而又日渐荒芜的曾经辛勤笔耕的田园。老冯则在一旁看天上游云闲鹤。如果不是为生计忙得不可开交，老耕的绿色事业的确令人羡慕——那阳光灿烂的日子里，剪草机嘎嘎的叫声，比雨中的青蛙还要快活。

天气转暖，广场上涌满了人，我们转了半圈才找到一个空地坐下来。我伸手触到草地，一丝沁凉吸进肺腑。

老冯突然问我：人到哪里去生活才更好呢？我说，到海边，南方多雨，空气湿润……

唉，人毕竟生活在空气里！一向很少发感慨的老冯，突然多愁善感起来。他接着说，前几天，到五十里外的地方去钓鱼，几十平米的鱼塘，养了几千条鱼，没有水鱼怎么活？那些鱼本该生在江河、湖泊之中，游动在大自然里，现在却为人的嘴活着。看来，老冯也并非完全清静无为之人，他的话打破了我此刻的平静，我突然感到这人群拥挤的广场上，那片绿地就像小城的一池清水。

路过街上一家新开张的金鱼店，我们特意进去看了一眼，店家不卖金鱼，而是专售一种能自动造氧的鱼缸，叫价惊人。各种各样的金鱼在鱼缸里呼吸，像潜游在动画般的海底世界，漂亮极了。人活在空气里，鱼游在水中，这句话让我激动了很久。世间万物都活在空气中，树木，飞鸟，花朵和春天。

阅 读 与 心 境

做一个诗人

已经很久听不到——贸然以诗人自居者发言了。不信你看看，在社会的各个阶层，各种角落，到底还有多少人，敢于站出来，不羞愧地说："我是一个诗人！"

至少，我现在是把"诗人"作为一种概念，一种尺度和一种考察对象，来认识和理解的。面对诗歌，我看到了这样的情况：一些正在写诗的人不屑说自己在写诗，而声称是写字；一些曾经写过诗的人，则若有其事地问：现在还有人写诗吗？谈到诗，以前可能有一千条舌头在喋喋不休，而今却可能除了摇头之外，少有人理会。读诗、写诗好像成了忌讳莫深的暗语，或闭而不谈，或言不由衷。这种现象，不仅存在于中国，也是世界范围内的诗人所面临的困境。就连波兰女诗人薇丝拉娃·西蒙波斯卡（1996年诺贝尔文学奖获得者）也用近似委婉的语调说，今天的诗人都是怀疑论者，也许首先对自己就表示怀疑。他不愿当众说他是个诗人……

怎样解释诗人这个概念？或者说，什么是诗人？弄清这个问题，即使引经据典也难定论。20世纪60年代，有一个叫德莱顿的美国诗人说过：诗人这个字眼，意思就是制作人。这种说法简单、明了，不知是否能概括当前诗歌写作的命运。但我知道，从古至今，

诗人这个称谓，是无数呕心沥血的人，在这个苦难的世界上，用生命和才华赢得的一份荣耀，一份精神遗产。自屈原以来，世代衣钵相传的诗人们，并没有置人类的苦难而不顾，仅仅为争得自身生存、立足之地而放弃对至真、至美、至善的探求。"路漫漫其修远兮，吾将上下而求索"作为一种精神，一种品格的象征，诗人的名声享有崇高的地位："在许多民族中，诗人被尊为具有洞察力的人和预言者。人们普遍相信诗人能预知未来，因为他了解过去。"（奥·帕斯）

近代和当代诗人所面对的人文环境，与古代诗人相比，显然有所不同。应该看到，像《诗经》、唐诗、宋词那样老幼妇孺人人皆诵的时代一去不复返了。我们现在写作的新诗，无论形式，还是内容，和古体诗之间，有着天壤之别。不管你承认不承认，新诗毕竟是引进的品种，从新诗的诞生和发展来看，它并不是从古体诗直接演变而来的，两者在形式上，其实不完全是一脉相传的关系。

半个多世纪以来，只有那些能够调整平衡的翅膀，借助民族文化和外来文化的双翼推动，并不断降低自身高度的人，才能缩短和保持与传统的距离。

许多诗人推崇的、对当前写作产生直接影响的诗人之中，几乎很难列出本民族诗人，尤其是本世纪以来中国诗人的作品，人们可以轻易地说出里尔克、叶芝、叶赛宁、惠特曼、博尔赫斯、艾略特等等，却很少提到王维、陶渊明……这些在世界上毫不逊色的名字，即使作为某种例证，也仅仅是背诵一些记忆中的诗句而已。对传统的偏离，使我们失去了继承的连贯性，我怀疑是否有一个新诗的传统。今天的诗人很难从古代诗人那里找到启蒙，更不要说从近代诗人那里找到启示了。艾青受益于法国诗歌，冯至谙熟德国文学，穆旦从雪莱等异域诗人身上发现了灵感，更不要说牛汉、昌耀以及那些年轻诗人了。我们与古代诗人的心理距离太远，与国外诗人的文

化差异又太大。

使用汉语的人群，是一个缺乏宗教信仰的民族。在中国，诗人从来都是无神论者。人们所说的"神"，其实是虚拟的"人"，是遁世者的托词。有史以来，汉语并没有造就完整的史诗原型和神话原型，相反，却形成了发达的寓言体系。汉语的每个词汇、每个成语，都可能是一则劝世或说教寓言故事。令人欣慰的是，中国古代诗人却很少沿用那些有着固定意义的词汇和成语写诗，这不能不说是古代诗人的高明之处。古希腊神话中的各种原型，可以笼罩西方人文学科的各个领域，包括宗教、哲学、诗歌、音乐、绘画等等。比如，叶芝诗中"丽达与天鹅"的化身，可以自始至终得到解释。而《山海经》的传说、"嫦娥奔月"、"女娲补天"、"夸父逐日"等故事，只有单纯的教诲意义，其模式类似天真无邪的童话。它们无法像西西弗神话那样，因揭示人类存在的悲剧，而让人思考，得到永久的启示。汉语诗歌一直是按照自身的轨迹延伸过来的。比如，思乡的"月"，爱情的"梅"，正直的"竹"，一尘不染的"菊"等等，皆以一些寓意深长的事物作为意象，运用这些意象，古人同样创造独具魅力的诗篇，形成了汉语诗歌不同于西方的语言体系。

由于译诗的影响，如今，中国当代诗人也开始使用西方诗歌的意象，比如"海伦"和"玫瑰"，"天鹅"和"鹰"等等。这些词汇的加入，在某种程度上激活了汉语诗歌，但它们毕竟是西方用旧了的东西，一旦和翻译诗构成对照，就失去了色彩。难怪有人说，没有比古典诗歌更揭露诗人的弱点的了，因此诗人对它敬而远之。

汉语诗人不可能逾越自己的母语去写作，除非他换一个语种。就诗歌而言，字和词，音节和韵律，是不可或缺的因素。不知是否有人对拼音文字和象形文字的写作区别做过专门研究。据我所知，拼音文字的音节和韵律是比较容易掌握的，不管是在古体诗还是在

自由体诗中，韵律的变化是显而易见的。比如，里尔克用十四行体写出的《杜依诺哀歌》。汉语诗歌使用的是一种象形文字，在字节和音节上，依附韵律的作用，可以激扬顿挫，而在字和词的单独使用上，却很难把握，比如李白的诗歌。当贾岛推敲字词时，却被韵脚束缚了手脚。

应该看到，汉语新诗是在没有任何形式参照的情况下出现的，在这之前，它惟一可供参考的形式只有古体诗。四言、五言、七律、合辙押韵以及各种词牌等等，新诗从古体诗承袭的形式恐怕只有分行、押韵，其它复杂的形式几乎很少为新诗所用。除此之外，能为新诗借鉴的形式多是民歌、民谣、谚语等等。

可以说，没有白话文就不会有新诗。如果书面文体仍然停留在文言文阶段，新诗肯定站不住脚。顶多被当作骈文和赋的变种。汉语新诗体和白话文的出现，实际上是象形文字在表现形式上的解放。没有这种解放，翻译文体几乎没有存活的可能。翻译文体对新诗的影响无从谈起。

现代汉语白话文，在交流上因简洁、明了、方便、快捷，而更具可塑性、兼容性和大众化，更易于被民众所接受。那么，用白话文写作的新诗，长期以来为什么难以被读者广泛认同呢？我认为存在以下几个方面的原因：一是，在我们这个古老的诗国，古典诗歌的教育是根深蒂固的。几乎人人从小就有"熟读唐诗三百首"的习惯，而新诗教育近乎空白，造成多数人对诗歌的认识停留在古典阶段。二是，"大跃进"、"文革"期间出现的"诗歌运动"，败坏了人们的胃口，把新诗混同于"顺口溜"和豪言壮语。三是，当代新诗欧化句式的盛行，增加了诗的阅读障碍，使一些守旧的读者看不惯，产生排斥情绪。四是，受汉语文化恋古情结的影响，知识阶层中的老派，对新诗写作既不信任，又缺乏足够的了解。即使写过新诗的

人，一旦步入中年，也会不自觉地退到古体诗的老路上去。诸如以上原因，造成新诗在每个历史时期的读者层面——从青年始到中年止——这样一个年龄阶段。当一批作者、读者终止阅读或放弃写作，后来者迅速以否定前者为开端，致使连续性中断，新诗不能走向正常。没有一个稳定的写作群体和持续的读者群体，新诗是难以为继的。

诗歌的发展，不是实验室里的结论，而是诗人身体力行的结果。尤其是诗学体系的建设，由于文化背景、新旧观念的冲突等原因，这就不得不是一个持续渐进的过程，需要从量到质的积累，也必须经过漫长蜕变才能完成。

几乎每个时代的诗人，都不承认他所处的时代是最好的，他甚至认为是最坏的，只有少数人违心地赞美他的时代，并成为那个时代的宠儿。

应该说，今天诗歌存在的条件，比任何一个时代都宽松得多，也比任何一个时代都更加艰难。诗人拥有的地域空间和思想空间，是无可比拟的。就发展的趋势看，诗人随心所欲地表达自己愿望的可能性越来越大。已经不存在自由不自由的问题，可以任意地说出自己想说的话，做自己愿意做的事，只要法律允许。说不说，做不做，是你的胆识问题。有胆识，有良知，不畏权贵，敢说真话，这样的诗人恐怕会越来越少，甚至濒临绝迹。就像大自然中的野性动物一样，诗人的天性一旦消失，就不会再有。

我不认为我们是处在一个远离诗意的时代——亲近古典诗艺的人，很可能不是生活在今天。而靠拢西方文化的人，在意识上与汉语也并非存在隔膜。

诗人必须和诗站在一起，诗人和诗是不可分开的。作为一个诗人，他首先应该属于他的诗，他的名字冠于他的诗歌之上，以区别

他和别人的不同。诗人的存在，是为了证明诗的存在。诗歌的存在是宽泛的，而诗人只属于这一个。在今天的世界上，做一个独特的诗人难，做一个卓越的大诗人更难。一个有才华的诗人，很快会湮没在众多的模仿之中，而造就天才诗人的可能性已不复存在。诗人有权利改变自身的恶劣处境，这是诗人自己的责任。外在的帮助和支持，不应成为诗人摆脱责任的借口。回避责任而去屈服现实，是软弱的表现。不要像那些怀才不遇者那样处处抱怨什么。这个世界的每个人，都可能受到不平的待遇，不光诗人如此。

出于历史的原因，读者对诗歌的要求一直很高，对诗人也如此。但事实并非想象的那样。来自读者的期待，和来自诗人的创造，是两个不同的位置。读者总希望从诗歌中得到什么，而对现在的诗人来说，面对公众讨论一首诗，无异于接受众人的猎奇和围观。如果不是来自真正的理解，每个诗人的写作，都将是可疑的。对读者的尊重，并不能避免对艺术的无知。

受功利驱动，真正的好诗往往得不到应有的推崇，相反，无聊、虚假之作，却一再被炒卖。那些在贫困中真诚写作的人得不到关注，而弄潮流、以某派自居的人却一再被提及。一些评论，看到的只是个人的、局部的写作，对众多的写作充耳不闻、视而不见，老是盯着几个人的诗，从而使形成圈子的所谓精英诗歌，有幸获得了垄断的"权力"，因此，也就有了"90年代最大的完成是诗的个人化"这样的结论。缺乏对好诗的推崇，"权威"的批评就失去了作用。在没有人出面"说话"的情况下，远离"权力"话语的民间写作难免被看成令人尴尬的"异类"。而那些排斥在"圈外"的人，同样被冷落一旁。

在这个溢美之词满天飞舞的时代，每一条穿插于电视屏幕上的广告术语，都可能是一首新诗的赝品。而一首真正的好诗极可能是

需要爱护的易碎品。众多法律名义下义正辞严的声音并不能代替弱者的抗议。这个世界如果没有诗人的发言也可能是"完美"的，也许所有的"诗境"，完全可以用创意和策划取而代之。心灵、灵魂和肉体其实并不存在于同一空间。头脑里产生的任何东西也许都形同虚无。在上述背景下，一个愤世嫉俗的人恰好迎合了某种时尚，而缺乏正义和良知的颂歌是不道德的。

作为人的诗人，注定要接受这样一种现实——那是他将比任何人都不幸的现实——诗歌已不再为诗人提供优越感和荣耀——真正的诗人必须被迫承担这种现实。诗，已从大众的阅读目光中淡出，诗人和诗的关系开始动摇，甚至脱离。如果诗人不能和诗站在一起，那么，离他而去的不仅仅是严重的现实，还有缥缈的梦。诗神已经走在流放的路上，最后的退路就是诗人自身。

没有尽头的旅程

老托尔斯泰晚年为什么突然出走，是一个谜。许多人曾做过猜测。尽管说法不一，但总算能找到几种可以自圆其说的理由。

曾经拜访过托尔斯泰，并受到其感化的日本作家德富芦花在给托尔斯泰夫人索菲娅的一封信中（《致雅斯纳亚·波里亚纳的未亡人》）写道：当初我听说先生莫名其妙地突然出走的时候，就马上预感到先生的最后日子临近了……先生为什么不能安安稳稳地死呢？为什么到了人生的晚境，为了像一个可悲的孤独者一样死去，先生却要离开那温馨的巢穴呢？

德富芦花以崇拜者的心态，一个乡村知识分子的眼光，试图解开这个谜底，他的解释是"谁都有符合自己的活法，也有符合自己的死法。对于先生来说，不那样就不能了却一生"。在芦花看来，托翁出走似乎像是奔赴死亡之旅。

我曾经在巴金的一篇文章中读到这样一段话：老托尔斯泰，他写了那么多书，它的全集有九十大册，他还是得不到人们的理解。为了说服读者，他82岁带着自己的女儿离家出走了。他决心改变自己的生活，却没有想到中途染病死在火车上。巴金先生所说"为了说服读者"和"他决心改变自己的生活"，我以为是比较符合托翁个性的两点理由。

中年以后的托尔斯泰，陷入精神危机，几度想自杀。对死的恐怖以及对生的无望，已使他无法从科学、哲学和艺术中得到说服自己的答案。既而他开始沉迷于宗教，也更加关注道德和理性。进入晚年的托尔斯泰，以劝世和说教的方式，企望对生命的谜底找到说词，人生的意义是什么？人应该如何活下去？托尔斯泰在他58岁写下《人生论》一书，有意不避"死"而谈论"生"，他说，生命的定义，即追求幸福。我们通过自己身上的生命，了解到别的生命对幸福的渴求。只有爱才能获得幸福。人弃绝了个体生命的结果，是认识了真正的爱。

《人生论》是托翁思想转向后的精心论著，无疑也影响了他自己的晚年生活。一个懂得为别人活着的人，让我们看到他的生命依然是矛盾的："我爱人，也被爱；我有可爱的儿女、有丰富的家产、有名誉、我很健康、我身心精力过人……突然我的生命终止了，我不再有任何欲望。我明白我不再有任何冀求的了，我来到深渊，在我跟前除了死亡一无所有。我知道——我虽然健康快乐，可是我不会再活多久了。"托尔斯泰毕生都在追寻生命的完美，他发现生命痛苦的根源，是因为没有爱，人生的过程是在"那条惟一的生命道路上"。死者的生命在这个世界上并没有终止……

托尔斯泰最终还是离家出走了。1910年11月9日清晨，一个老人，告别了他厮守一生的庄园，乘上火车，踏上了没有尽头的流浪之旅。年轻时，他曾到西欧做过短暂的旅行，最后失望而归。如今，面对茫茫世界，他要到哪里去呢？一个求道者，一个探求真理和自省的人，在辽阔无边的俄罗斯大地上奔走，哪里才是他灵魂的归宿？

对托翁出走的原因，人们说过很多。但常令我百思不得其解的是，老人这样急匆匆地出走，究竟要到何处去。他一定是要到一个地方，那个地方很远吗？我突然想起电影《企鹅岛》中的一句台词："我要出去一下，也许要好久。"我好像听到老托尔斯泰临行前也是这样说的。

阅读与心境

阅读就像一个人在地层里掘井。这种比喻来源于我在煤矿做工时的感受。一盏灯照射在乌黑的煤壁上，那里有一本打开的书，眼前是凝固的文字——思想、幻觉和阳光照耀的天空。

阅读的心境就这样打开，是想像力和智力的驱使，让人步入一个神奇的空间：在文字构筑的世界里，你可以潜入其中，与世隔绝。当夜深人静时，把灯关掉，黑暗的岩石里渗出水一样的气息，沁凉，透骨，一下子湮没你的全部渴意。这时，独立的思考会把你带入炫目的星空。对阅读的投入，使人因全神贯注而忽略了周围的季节变化和人事沧桑，沉湎于一种亦真亦幻的生命状态。不知今为何夕，身在何处。

阅读最终是一种古典的气质，在一棵葱郁的大树下，可以想象那些手捧书卷的哲人是怎样安详地醉心于神圣的文字之中：那是背着书简周游列国的孔子，是在炼狱里寻找天堂之路的但丁，是明朗而虚幻的泰戈尔以及吻着苹果冥思的牛顿，是在光速中迷惘的爱因斯坦！

为线装的经书建筑的教堂，几乎遍布人类生存的每个角落，晨钟和暮鼓又是怎样鸣响于人们仰望的天空。

在时间的长河里，人类丧失的正是那样一种潜心阅读的智慧和能力，追求物欲胜过追求思想，迷恋空虚而不敢面对现实。陷入无谓的阅读之中，如同卷入没有方向的漩涡，被盲目的激流挟裹着，堕落而不可自拔。心中失去理想的烛照，"做蛹的文字在书本中死去"。

阅读是一个人在陌生的世界里走路，去想，去寻找。阅读的过程充满艰辛的跋涉和劳作般的挖掘。在万卷书海中，真正属于你的文字寥寥无几，翻来翻去，你会发现，你喜欢的书可能就那么几本，几页，或几行。也许这就够你一生去咀嚼了。

个人的兴趣限制了阅读范围，同时又有利于你在某一领域做深入的探究。怀着纯粹的个人目的上路，带着纸和笔，那是黑塞的形象，他背着精神的行囊，在大地上漫游、流浪。

在阅读的空间里每个人都变得更加孤独，渴望理解，需要沟通。博尔赫斯在《沙之书》结尾有这样一段话：我已经剩下很少几个朋友了，现在连他们也不见了，我成了这本书的囚犯，几乎不再出门。

一个读书人只有意识到自身的境遇，才能懂得书的价值。同样，只有拂去迂腐的尘土和浑浊的眼光，才能领悟阅读的秘密。

每个读者都希望有一部属于自己的书，如奥登所说："像一个妒忌心很强的情人，"这是成年读者才有的心理。也许只有如此，阅读的意义方可能产生。

阅读的心境是物欲横流的社会里一面自我审视的镜子。正如英国诗人汤玛斯在《时代》一诗中所言：

"这样的时代智者并不沉默，只是被无尽的嘈杂声窒息了，于是退避于那些无人阅读的书中。"

诗歌是贫穷的财富

我写诗纯属偶然。1979年冬天到苏州去当兵，军训之余，写日记，记下一些类似诗歌的只言片语。因为在那样的环境里，个人的想法是很难存在的，这些文字只能偷偷地记在笔记本上，无法与别人交流。当时我只有16岁，学识浅薄，没有任何阅历，学生时代大部分时光是在文革后期，所以，就理解能力来说，那时对写作的认识是模糊的，还谈不上对诗歌感兴趣。读小说时，常常把分行的文字跳过去，阅读的目光更喜欢在惊险的故事情节和男女情感的细节处停留。

为赋新词强说愁，早期的写作练习，古诗对我产生了潜移默化的作用，模仿五言、七律写过一些多愁善感的句子。但真正使我进入写作，并激发起雄心和梦想的，是在我接触了伤痕文学和朦胧诗之后，"黑夜给了我黑色的眼睛，我却用它寻找光明"，那个时代的文学，对于我们这一代没有受过良好教育的青年人来说，无疑是给迷惘的心灵注入"兴奋剂"，对文学的幻觉，对人生的微渺期望，激发了对文学的热情。其次就是外国文学作品的启蒙，普希金、莱蒙托夫、雪莱……尤其是当我读到惠特曼的《草叶集》，惠特曼粗犷、开阔而无拘无束的诗风，打开了我的视野，使我从汉语古典诗歌的

束缚中摆脱出来，让我认识到诗歌不仅是戴着镣铐跳舞，也可以吹着口哨自由地散步、说话，或者发出野蛮的笑声。

我开始写诗——把那些分行的文字，从笔记本上誊写到方格稿纸上，向外投稿，1982年8月，我偶尔在《青海湖》杂志发表第一首小诗《贝壳说》：

> 你到海上航行
> 就把我忘了
>
> 能怪你吗？
> 昨天还说我是你的小船
> 爸爸却说海上很多很多
>
> 你走了
> 我仍在滩上浅搁
>
> 海上好吗
> 不好在回来吧
> 我还是你可爱的贝壳
>
> 你听不见
> 我就对大海说

从那时算起，我已经走过了不太短的写作之路。当了几年兵，又到煤矿做矿工，早年的这些经历，对我的生活、思想观念和以后的写作肯定产生了影响。

到了80年代末，我已经发表了一定数量的作品，引起了一些关注。参加了《诗刊》举办的第八届"青春诗会"。1988年、1998年连续出版了两部诗集。随后，个人生活渐趋稳定。诗歌内部就像博尔赫斯描绘的"迷宫"，长久地写诗，就会陷入其中，被自身的幻觉困住，不能自拔。我曾试着从诗歌的阴影中走出来，转向其它文体的写作，却欲罢不甘。既然不能放弃写诗，就应该找到出路，惟一的出路就是要下功夫研究它，对诗歌这门古老的艺术做深入的解析，至少弄明白为什么写诗，我们写作的汉语新诗，到底是怎么一回事。

近十年，我用于读书的工夫要多于写作的时间。其实，我逐渐清楚，要想使写作长久为继，必须有一个调整过程，建立一些基本的东西，避开人云亦云、盲目随从；找到区别于别人的路子，按照自己的意愿写作，不对名利抱有幻想，不加盟任何圈子，不违心迎合群体；冲破狭隘的文体观念，把诗歌放在较为宽泛的背景上看待。

我在诗歌写作中，力图摆脱虚拟、间断的语境，把思考、想象置于可以连续构筑的背景上，这个背景就是广大的"本土"所提供精神的空间，大地与人、心灵与自然，就是古往今来的诗人所追寻的梦想。

在一个人文精神沦落的年代，诗歌现状的"不景气"是难免的，诗歌毕竟是"内心生活和精神活动"的一部分，它与物质生活的享乐完全是两回事。我曾在一篇文章中，引用过普希金情人安娜·彼得罗芙娜在给亲人的一封信中的话："……我们对获得物质满足并不奢望，而是珍惜各种美好的印象，追求心灵的快乐，捕捉周围世界的每一个微笑，并以精神的幸福来充实自己。富人从来不是诗人……诗歌是贫穷的财富……"

每个写作者都是平常生活中的一分子。真正的诗歌并非极端的

艺术，也并非与个人的生活无关。美国现代诗歌开创者之一狄金森写道："如果我能使一颗心免于哀伤，我就不虚此生；帮助一只昏厥的知更鸟回到巢中，我就不虚此生。"也许，我们缺乏的正是这样一种平常心，一种平凡人的参与精神。把生命融入自然，融入对社会良知的承担。另一位被现代派极为推崇的英国诗人奥登说过："在正直的人群中找到正直／在污浊中污浊／如果可能／须以羸弱之身／在钝痛中承受／人类所有的苦难"。在当代中国，有此精神品格的诗人越来越少。前不久谢世的昌耀是不可多得的一位。

一个倡导实用消费的时代，有那么多感官的需求渴望得到满足，时尚给人轻松，科技给人快捷。诗歌能带来什么呢？它的确不能带来多少实际的利益。

正是因为诗意的匮乏，人类生活的终极意义将受到怀疑：人，为什么活着？在渺茫的宇宙空间和时间的"黑洞"中，我们还能听见"逝者如斯夫"的浩叹吗？只有诗能帮助人保持人的本质，证明哪些伟大的灵魂曾经存在过，只有这种比生命长久的艺术形式，延伸着人类从远古时代至今连绵不断的抗拒遗忘的梦想，让无法再现的记忆"存活"下来。不仅如此，诗歌赋予日常现实以光亮，让我们在逆境和苦难中得到自救。

一首诗的源头

1997年春天，坐在我家庭院里的山楂树下，我连续写下了组诗《照耀》，包括《从南到北》、《终点》、《三月九日日蚀》、《樱树开花》等数百行诗，好像一气呵成，把数年的积累全部宣泄出来。直到满院的樱花随风而去，西墙的石榴树花开似火，葡萄架的浓荫遮盖了空地上的最后一片光亮，我激烈的情绪随之减弱，渐渐趋于平静、缓慢。起身，抬头，从狭窄的庭院里仰望屋顶之上那片无垠的天空。我感到豁然开朗，心胸一下子舒展起来，情绪也格外放松。"庭院，天空之河。庭院是斜坡，是天空流入屋舍的通道。"（博尔赫斯）

我心中积蓄已久的一首诗，经过沉淀、澄清，终于明晰地呈现出来。这就是《黄河入海口伫望》。

直到现在，当我再次读到这些诗行时，依然能感受到当时的那种酣畅、痛快、惊奇和兴奋，一种开阔的视野让我从庸常生活中摆脱出来。无论从地理还是时空上，犹如莅临山顶，眺望远方。这时，我才知道，诗歌在某种意义上可以使一个人获救，让他从个人的苦闷中解脱出来，这是一种比他内心更强大的力量，通过他的声音、他的身体散发出来。我想起阿莱克桑德雷的一段话：

一种无法解释的力量，一种精神，他特有的传统的精神，通过他的口说出来。他两脚牢牢地站在地面上，而他的脚底下汇集了一股有力的激流并且不断增强，流经他的身体，通过他的舌头涌出来。然后是大地本身，身后的大地，从他灼热的身体燃烧起来。但是在另外一些长河，诗人成长了，越长越高，他的额头高耸到天上，他以一种星星般的声音讲话，带着宇宙的共鸣，同时他感到来自星空的风掠过他的胸口。

那是我青年时代即将结束时迸发出的最后的激情。我想起了黄河入海口那片开阔、荒凉的土地。一泻千里的大河，向着大海奔涌敞开。这是悲壮的征程，超越生命本身的行吟。我需要这种力量加入我的写作。我知道这种力量不仅仅属于个人，而是一个整体：节奏、韵律和声响，我只是其中的一部分。一种抒情的调子仿佛来自洪荒和天籁，来自漫长的岁月、遥远的天宇。

> 流了那么远，那么久，那么长……
> 来自源头的那一滴水，
> 是否已经渴死在奔波的路上；
> 游自青海的那一尾鱼，
> 在哪里迷失了方向？
> 哪里才是浪子的故乡？

这不是凭空想象，而是我亲临其景时的感受。在写这首诗之前，我曾数次来到黄河三角洲东端，在那片新陆地的尽头，目睹万里黄河流向大海的奇迹。1984年10月，我随山东青年作家团到胜利油田体验生活，在那里住了一个月。秋风。荒原。孤岛。站在堤岸消失的大河边，我第一次看见大海上升、河流下降的景象。泥沙淤积的滩涂上，风吹草动，大气沉寂……李白诗曰"君不见黄河之水天上来，奔流到海不复回。"虽是借题发挥——以河水一去不返喻人生易逝，然而这气势磅礴的诗句，却让人如临其地，如见其景。我同时也想到王之涣的"白日依山尽，黄河入海流"——遥望群山连绵、落日西沉，目送河水东去流向天边。人往高处走，水往低处流。古人喜欢登高远望，把酒临风。然时过境迁，物是人非。今人所处的人文环境与古人毕竟不同，志趣好恶与心理距离已经相去甚远。

后来，每次到黄河入海口，我都感到一种诗意萦绕心胸，却没有找到适合的表达角度。黄河与大海交汇的场面，一直留在我的脑海里，一边是翻滚的河流，一边是涨潮的大海。浑浊和湛蓝就像两条血脉融合在一起。当我欲将这种感受写成诗时，我才发现，不知为什么情感和表达更接近一些异域的形式："我知道那些和地球一样古老的河流，比人类血管里的血液还要古老的河流。"（休士：《黑人谈河流》）

为了找到写作的依据，接受什么样的影响是至关重要的。古诗之所以源远流长，是由于一代又一代诗人在相对稳定的形式上，经过漫长的演变，反复摹写、相互借鉴汇流而成的。今天的写作已不可能像古诗那样，只在同一种封闭的语言环境中进行，各种语系的交汇，已改变了我们的语言结构。新诗需要一种怎样的形式来承载现代人的情感，这恐怕不仅是我个人的困惑。

心灵的植物

早年读《诗经》、《楚辞》、《古诗源》，不谙世事，看到的不是爱情，也不是悲愤，而是从未见过的野生植物。闭上眼睛就能看见，那里的人们生活在神奇而美妙的大自然里，飞土，逐肉，断竹，续竹……日出而作，日落而息，桃花源里好耕田……渔歌唱晚，香草美人，高山流水，携琴访友……多么令人羡慕啊！

后来读文学史，课本上总是把古典文学说得那样沉重，很多章节停留在对历史事件、掌故轶事的讲解上，诸如屈原投江殉难，曹植七步吟绝句，陶令辞官归隐……我们已习惯了用今天的意识形态观念来看待古诗。当然，现实的因素的确影响了那个时代的诗人，并使他们的作品显得格外重要。包括后来的李白、杜甫、苏轼等等，都有过遭受排挤、冷落甚至流放的经历。因为有一颗诗人的心灵，他们的遭遇才显得异常悲壮。

古代诗人的胸襟和情趣，总是与大自然融为一体的。过去人们总以为，他们一旦官场失意、政治理想破灭，才寄情山水，放浪江湖，其实这是误解。不可否认，古代文人普遍具有"济苍生"的社会责任感，"诗言志"无疑是一种文化传统。但是，同样面对仕途，在"出世"和"入世"之间做出选择，诗人与一般文人是有区别的。

这种区别，是诗人的幸运，也是心灵的悲剧。

自从诗人这一角色从人群中分辨出来，出现在人类社会中，人们对这一身份就具有了明确的指认。我一直思考这样一个问题，为什么孔子、苏格拉底、庄子、亚里士多德、柏拉图不是诗人，而荷马、屈原、但丁、李白才是？一个诗人可以成为智者，一个智者却不一定成为诗人或艺术家，这就是区别。为什么大多数诗人在现实社会难以找到立足之地，而在大自然中却是那样自由自在、无拘无束？因为诗人是自然之子，是人类的儿童。

《诗经》中没有诗人的名字，那是大自然在人类心灵中创造的诗篇，是汉语精神的伊甸园。"蒹葭苍苍，白露为霜，所谓伊人，在水一方。"自由是人类的天性，诗歌是心灵的植物。

从本质上说，诗歌语言是维持文学生态平衡的植被。在荒凉的年代，诗歌是庇护梦想的绿阴。现实生活一旦失去这片绿阴，意识形态话语就变成了任意扭曲、改变和强加于人的粗暴的工具，比如"文革"中的大字报语言，比如现在不伦不类的流行歌词、广告语等等。从文言文到现代口语，汉语经历了从未有过的"水土流失"和"物种灭绝"。比如混杂着各种方言的口音是很美的，只有一种腔调的普通话就显得枯燥、矫情。在公文化、程式化的官方话语和夹杂译文的书面文体中，古典汉语神秘的奥义则变得支离破碎。诗歌语言的衰败，已经危及到整个人文生态。从自然到文学，一个荒漠化的时代不可避免地到来。

从生态学的角度诠释历史，人事实上是生物群的一员。按布罗茨基的说法，"人首先是美学的生物，其次才是伦理的生物"，文明的起源，首先来自于自然和心灵。人类从开始学会结绳记事、使用工具、判断方位起，一切科学技术仍没有超出生产力的范畴。惟有

诗歌，不是用手脚和大脑制造的。诗歌不是智力的积累，而是心灵的发现。

一位名叫弗里德曼的儿童，在犹太人隔离区里写道：

> 蝴蝶啊！蝴蝶，最后的蝴蝶，
>
> 飞去吧！这里无法生存，
>
> 这里是人造的栅栏。

一个没有诗性的世界必然毫无生机——没有想像力的宇宙空间会令人恐怖——没有情感的生活无异于置身在荒凉的沙漠。奥斯维辛之后，诗歌之所以仍然存在，是因为它所具有的无比顽强的生命力，是任何强权和暴政所扼杀不了的。在人性最黑暗的地方，这颗幼小的心灵，为人类未泯的良知保存了微茫的希望。

诗人不是最后的幸存者，但诗歌可以成为不屈灵魂的见证。甚至在长岛原子弹爆炸的废墟之上，仍可以看见"《源氏物语》中的主人翁光源呼唤天空飞翔的大雁，要它寻找梦中无法相逢的亡灵的去向。"（大江健三郎《答谢辞》）

心灵的本质是与大自然息息相通的，心灵的荒芜必然对应着大自然的荒凉和毁灭。人类对自然资源疯狂的掠夺、开采，比战争更可怕。一个惟利是图的时代，暴力和野蛮的行径，往往是在"文明"的名义下进行的。

整个20世纪，几乎所有的诗人都在诗歌中表达了对工业文明的厌倦，叶赛宁、T·S·艾略特、弗罗斯特、奥克塔维奥·帕斯、西穆斯·希内……他们无不渴望在物化的现实中，找到自然人的本性。"正是这种本性，教会他在现世的欲望中发现不朽的心境，在萎缩的野心中发现不朽的希望，在性爱的激情中发现神圣的爱情。"（叶芝

寻觅伊甸园 （颜晓萍 作）

《心境》)

诗人从来没有像现在这样失望，赞美诗只有从教堂里才能听到。1991年11月的一天，前苏联女诗人尤·德鲁宁娜突然自杀身亡。这位参加过卫国战争，曾写下"我只见过一次白刃格斗"的女战士，绝望地"离开人生，离开战场"……她在乡间别墅的小路上用煤气自杀后，留下了令人震惊的遗言：

"我何以撒手人寰？我以为像我这样不健全的人，要在这个可怕的、为铁腕的钻营者建立的火药味十足的超额世界里偷生，就要有一个坚固的避风港。何况我已丧失了两个主要的'拐杖'——对克里米亚森林偏执的爱和'写作'的要求。这样的人最好在身体没有完全垮掉、精神没有完全老化萎顿时就听其自便地死去。当然自杀的罪愆念头是折磨人的，尽管我不是清教徒。不过假如真有上帝，他也会理解我的……"

我在这里引用德鲁宁娜的这段话，是因为她和以往那些以极端方式结束生命的诗人有所不同。诗人自杀屡见不鲜，有的"舍生取义"，有的无法忍受迫害，有的内心疯狂、精神失常……而她却是因为清醒和理智，而失去了两根支撑她活下去的"拐杖"——对人类精神的信赖和对大自然的依靠。

有一种声音虽然微弱，却胜过任何群体的呐喊。我想起一位诗人说过：自由是没有国界的，白云是世界公民！

哪里有这样的歌声，哪里的诗人就会在春风中苏醒……

诗人和他的时代

　　诗歌在我们时代的处境，也是诗人的处境。"诗人永远是我们的同时代人。"这句意味深长的话，出自英国女作家吴尔夫《一个人应该怎样读书》一文。我以为，这里所说的"诗人"，既是具体的——某个年代的某个人，又是共性的——古今中外所有的诗人。她是在谈读诗的感受时说这番话的："诗歌的冲击力是强烈而直截了当的，在那片刻之间，除了为这首诗之外再也不会有任何其它感觉。我们一下子就投入了何等深邃的境界！没有任何东西能够抓住，也没有任何东西阻挡我们的飞翔。"由此可见，一个小说家对诗歌的见解，是多么难能可贵啊。

　　一个没有史诗的时代，诗歌不是以量取胜的文体。写诗也绝不是一件轻而易举的事。短短几行，可能要让人付出几年甚至毕生的心血，这在古代诗人和近代诗人身上不乏例证。相对于其它文体而言，诗歌的难度恰恰在于，如何以最短的"捷径"接近事物、抵达心灵，这也是语言艺术本身的难度。若把写诗当作"捷径"，认为诗歌不过是分行的文字，不学无术也能写诗，那就错了。阿根廷小说家、诗人博尔赫斯有一首诗名为：《诺顿布里亚，公元900年》，写盎格鲁－撒逊人的一个王朝的灭亡，只有两行："让狼在黎明之前把它劫掠；剑是最短的捷径。"如果缺乏想像力，理解这两行诗，恐怕比读一篇万字的小说要困难得多。

诗歌的交流，并非通过迅捷的信息网络瞬时就能心领神会，也不是过去那种口号式的一呼百应，而是心灵之间的传递。这种古老的保留着某种私密特征的情感形式，不是集体的经验，也不是知识的积累。它复活在普通人的记忆里，就像岁月沧桑隐现在人们脸上的变幻莫测的表情，随时能够看见、并且经常被人忽略。这大概就是，那种最原始最活跃的语言基因，为什么只有在诗歌中才能存留下来的原因之所在吧？

在这个愈加强大的物质世界里，一个诗人的大声疾呼是听不到任何回音的，他能够做到的，就是把握住自己的脉搏。上个世纪美国工业疯狂扩张的二三十年代，诗人桑德堡既是烟囱、钢铁、摩天大楼的赞美者、批判者，又是怀旧者、田园歌手。这种平民化的心态，比他同时期的现代派诗人显然要通俗一些。然而，艾略特看似晦涩难懂的"荒原"意识，比人们理解的要超前许多：地球荒芜、大地枯竭——滋润大地和心灵的雨水来得太迟！现在看来，诗人的忧患，并非恐怖的预言。

怎样看待诗人存在的意义？我想起一部外国电影中的片断：为获取最高权力，一场刺杀总统的阴谋，最终败露了。其中一个身居要职的参与者，有所悔悟，想退出这场政治游戏。而另一位死心塌地的操纵者，不无讽刺地对这位同僚说，想不到你还是个伤感主义者。我无法同情那个失败的忏悔者，但我知道，一个诗人如果不是一个伤感主义者，他无疑是个暴君。

智利当代诗人帕拉，在一首诗中写道："酷刑不一定／是血腥的／例如／对于知识分子／拿掉他的眼镜就够了。"其中的意蕴，也许很难为人所体味。这里写出了一种窘迫、尴尬和无奈，也适用于诗人的生存境遇。诗人对现实的体验，对世俗的诘问、质疑，对事物的发现、描绘，肯定会比一般性的认识，更真诚更直率。亚里士多德曾说过"诗比历史更真实"。

无论是《诗经》，还是唐诗，诗歌本来是一种朴素、简洁的艺术形式，其功能并不复杂，或言志寄情，或表达喜怒哀乐。只是到了近代，有人才把它弄得太玄乎，近似巫术、占卜一样，实在可怕。比如梵高的画，从向日葵、星空，到油灯下剥土豆的人，都是单纯的风景、平常的实物，是画家用心灵赋予了它们生命的色彩。而这些，在今天某些诗人的笔下，却变成了异常暴烈的恐怖的词汇："骨头"、"刀子"、"血"、"骷髅"……谁都知道，梵高是一位精神病患者，而他向我们展示的，恰恰是人性中善意的、光辉的一面。

诗人从来不是抽象的概念，而是活生生的人。他生活在适合的地点、特定的时代。在具体的时间写出特殊的作品，并与个人经历、生存背景发生联系，还要呈现出切身的感受、清晰的面目。仅有这些还不够，他还必须创造出与我们眼前的世界所不同的世界。赋予我们的日常生活以神奇和非凡的魅力。

一首诗的命运与它所处的时代有时完全相忤，或许正是由于这些，许多作品才受到那么多的误读。不能将诗歌与诗人和他的时代完全等同起来，诗人与作品的境遇往往背道而驰。

我想起古代诗人的一个例子，杜甫面对泰山，曾写出"岱宗夫如何，齐鲁青未了"，李白也有"天门一长啸，万里清风来"。汪曾祺先生在一篇文章中对两位诗人写泰山的诗做了比较，认为杜甫的诗有儒家风范，一句诗表现了对祖国山河的无比忠悃。又说，"李白写过很多好诗，很有气势，但有时底气不足，便只好洒狗血，装疯，他写泰山的诗都让人有底气不足之感。"我在这里引用汪老的话，只是说明，诗的灵魂在于诗意。诗意贫乏则导致创造力枯竭。即使诗仙，也不全是神来之笔。

"无边落木萧萧下，不尽长江滚滚来（杜甫）"。这样的高度概括力，今天的诗歌不是不能做到，关键是要有耐心，要有千锤百炼、十年磨一剑的功力。诗人雷霆先生写过一首诗《五十岁》，让我很感动："如今我是一条河的下游，无论是高原上的潺潺细流，还是惊天动地的瀑布，都已成为过去，成为历史……"这首诗与杜甫的视野几近相似，从诗意上说，也毫不逊色。只不过新诗与古诗的语言形式不同。相同的诗意，不同地域、不同时代诗人的精神境界是相通的。奥地利诗人里尔克在长诗《献给奥尔甫斯的十四行诗》结尾中写道："诉诸静止的大地，我流过去。告诉激荡的流水，我在这里。"如此气势，开阔，辽远，仿佛峡谷里的疾风，从心底掠过。

"每个诗人都是传统之河上的一个波纹，语言的一个瞬间……每个诗人都渴望未来有人比他那个时代更深刻更宽宏地读他的诗。但诗人知道他不过是链条上的一个环节，昨天和明天之间的一座桥梁。"（帕斯《谁读诗歌？》）我们正经历着一个急剧变革的时期，历史的"断裂"正在弥合，传统和现代并非不可逾越，东西方文化的差异可以相互融合。我们会在某个外国诗人身上看到李白、杜甫的影子，同样，惠特曼、聂鲁达可能正活在我们中间。

光线与素描

诗歌寓言

我渐渐地发现，诗歌中所具有的那种"灰暗的"、"苍老的"感觉，与"怀旧"这个词有关。实际上，这是一种不知不觉中发生的变化。衣裳旧了，词汇旧了，概念旧了，杂志旧了。整整一代人在完成自己的使命之后，不得不面临这样的命运：或者坚持已有的阵地；或者退出历史舞台。

光明打开了黑暗，也消解了人们对未知的恐惧、神秘，随之而来的是一些原始诗意的瓦解和崩溃，一些美好事物的消亡和幻灭。比方说古典意义上的"太阳"的象征和"月亮"的隐喻，已成为今天模式化的广告俗语。我们每天看到的一切都是有限的，当生活被商品化的词语所包围，我们就会发现原有的一切都在丧失。你已无法领略作为"诗人"这个形象所应有的真实的生活境况。没有天堂，没有地狱，现代诗人却在寻找着非人间的痛苦。

"比之青草碧绿的液汁，人的鲜血并不崇高圣洁。"俄罗斯诗人古米寥夫的诗句让我们深思。当纯净的大自然在我们的生活中不复存在，我们又到哪里找回失去的梦想呢？

诗歌这种形式，自诞生之日起，就决定了它的读者范围不是在逐渐扩大，而是在日趋缩小。尤其是当它由口头传咏变为文字传播之后，读诗——就成了脱离大众的个人行为。作为一种文人修养，诗歌可以堂而皇之地出现在他们文章的片断之中，为增添修饰，或装点门面的需要而存在。而在一般读者那里，诗歌除了给人带来愤世嫉俗的不良习气之外，更多的是消沉和惰性。这也许就是富有家族和等级森严的阶层以及一本正经的人，为什么厌弃诗歌的原因所在。

　　虚构的理论把诗歌关在了特制的笼子里，依靠逗引和诱惑使它鸣唱；或者以成群饲养的方式，辅以各种各样的配料，哲学的、宗教的、禅宗的……就像塑料大棚里培植的绿色食品一样。诗歌过多的依赖性，同样是疏远大自然的结果。人类自身的悲剧亦体现在这里。

　　我在散尽鸟儿的林子里，听见天籁之音。诗歌是否在没有喧嚣的地方找到了生存之地。

　　谁说过："诗歌是飞翔的动物。"那么，在林梢和阳光之上，万物簌簌的颤音和生灵喃喃的低语，肯定是由于诗神的降临而呈现的景象。

　　"诗人陷入困境是由于语言和通过语言显示出来的优越感，而不是由于其它政治原因。"（布罗茨基《诗人与散文》）返回诗歌自身，我们不得不反省：无论时代怎样变化，诗歌内在的演化要靠语言来实现。总之，生活中的诸多因素必须转化为语言才能酿造出诗意。这个过程取决于每个诗人的个性和创造素质的优劣。

我喜欢一切经过冬天的事物，面对它们，我的言辞会一下子活跃起来。这里孕育着我对生活的态度。

谈论自己的诗和品评别人的诗，导致一个诗人产生某种不洁的念头。如果不是出于自谦，那一定是出于对别人的不恭。赞美和诽谤往往出自同一口径。但是，在自爱和虚荣之间，谁能保证自己不失体面、言行一致呢？这种时候，缄默也不是最好的办法。说到底，真实地看待自己和公允地看待别人是同一回事。

谁若想靠写诗出名，那将是愚蠢的。诗人如果指望名声活着，那可就惨了。

桂冠加顶的诗人，就像戴了金箍咒的孙悟空。"相传天雷打不动桂树，诗人有幸戴上桂冠，就表示谁也不能碰他了"——谁能保证这句话不是许给诗人的谎言呢？

不可能有一首经得起"推敲"的现代诗，也就是说，纵观当今浩若繁星、不计其数的诗作，不会再有完美无憾、无懈可击的范例之作。从这种意义上说，现代诗是残缺的。诗歌自从脱离古体形式、挣脱韵律和音节的限制之后，"雕琢"和"匠心"就成了贬义词。这就为随心所欲的人创造了机会。

"什么是诗"，或曰："诗是什么"，历来是困扰诗人的终极问题。

关于诗的命名，至今是人面兽身的"斯克芬斯之谜"，想回答得完整而准确不太容易。按我的理解，诗，应该是生命范围内有限的表达。也就是说，诗不是生活或生存的全部，而是其中极为罕见的那一部分。对于整个人生，它并非取之不尽的矿藏，而是生命中微薄的积蓄。

衣服要简单，灵魂要袒露，心地要真诚，诗歌要单纯。生硬的诗句往往能打动一个感情粗糙的人。

有几片掌声就够了，其余的喝彩都是附和之声。从人群中发现你的读者，比写一首好诗难得多。

被称作"诗意"的那种物质，其实就像混合在一堆沙粒中的、比沙粒更细微的碎屑，它有让人迷眼的光亮、色泽，却无法轻易收集起来。

读和写，误导了一大批热爱诗歌的人。面对现成的作品，既跃跃欲试，又眼高手低；读的影响，迫使他们不自觉地滑向别人设置的圈套。

凡是能痛快地说出来的，不必写成文字。在某种时候，欲言又止，急于表达又无法说出，是痛苦的。如同一些隐秘的想法从胸腔涌向喉咙，堵塞在那里。那些满脸涨红的初恋情人莫不如此。这种时候，一支笔，就能代替你说出想说出的话。要知道，口吃患者的歌声，最打动人心。

那些真正能够被称之为诗人的人，如同古老作坊里的艺人，他们的天职就是默默无闻地工作。然而，写诗并非一门手艺，不需要祖传秘方，更无须门徒承业。

每个时代的诗歌都有其独立存在的背景，它们有的自生自灭；有的名垂青史。不能以唐朝的李白来代替宋朝的苏轼。为此，我理解了博尔赫斯为什么这样说道："诗人的荣耀，在总体上取决于一代又一代无名的人们在孤寂的书斋中对其诗作表现出来的激情和冷漠。"

长期不断地写诗，会使人不自觉地陷入语言的迷宫。同样也是少数人成功的奥秘所在。

对于更多的无名诗作者，写诗最终是一种少有人问津的苦差，消磨意志，损耗青春，浪费生命。这无疑是一种不公正的惩罚。

同时代的诗人中间存在着不同时代的影响。他们以千差万别的方式，占据着过去和未来。

当我关注自己的写作，我需要把自己的声音与他人区分开来。想不被别人掩盖，首先必须找到适合的音域才行。

心灵的颓废如同罂粟之花，虽鲜艳绮丽，却饱含毒汁。

与其做一个重要的、不可忽略的、让人记住的诗人，不如做一个与世无争、心胸旷达的普通人。

以诗人的身份，在今天的社会上公开亮相，难免尴尬。一个好的朗诵诗人，面对公众所激发的政治热情总大于他的艺术热情。如果不是某种政治的需要，诗人所扮演的公共角色是滑稽而可笑的。

　　想知道一个诗人如何自我揶揄的吗？请听英国诗人奥登是怎么说的吧：一个年过三十的诗人可能依然是一个十分勤奋的读者，但他所读的肯定不是现代诗——多精彩的自嘲啊，那些现代诗的怀疑者，可以从这里找到他的依据了。

　　用小说家的笔法挖苦诗人是残酷的，用演员的表情讥笑诗人是卑劣的，用窥视的目光看待诗人是阴险的。

　　要造一间写诗的房子，仅有屋顶就够了，门是多余的，墙壁也没必要。

　　诗歌逃离我们的内心，犹如鸟儿逃离笼子。最后我们会剩下什么呢，是一具空洞的躯壳，还是一堆尚待燃尽的灰烬？

　　只要你留心观察就会发现，一首诗和另一首诗是多么不同。说出的和写在纸上的又是怎样的不同。

　　《百年孤独》中有这样一句话：刚刚死去的朋友是最好的朋友，简朴的生活是最好的生活。借用马尔克斯的话，我们可以这样说，已经写出的诗歌是最好的诗歌，被人遗忘的梦想是最美的梦想。

从某种意义上说，每一个诗人所占有的精神空间，是极其狭小的。他甚至难以发现自我存在的立足之地。

鲜活的东西就像蔬菜和水果，可以当时食用，但不易于长久保存。一首诗超越了一代人的记忆而存活下来，大概是因为它原本不是那种可以直接食用的东西。

诗思如同钟表上颤动的秒针一样，恰恰产生于最容易忽略，过后又望尘莫及的那一瞬——要当心啊！

每当完成一首诗之后，我都有一种被掏空的感觉，心中像被抽水泵汲干的井底——清爽、阴凉而舒畅。

长时间放弃写诗的人，心灵就会被岁月尘封、荒芜，久而久之，就会失去那种对诗意的冲动和欲望。远离诗歌的人必将被诗歌所遗忘。

"他只有短暂的青春，随后就到了老年。"我听到一个抒情诗人内心的叹息。不要过早地步入一个诗人的晚年。

面对现实对诗歌的冷漠，真正的诗人从来没有停止自己的歌唱。我敬佩昌耀坚硬而冷静的态度：以适度的沉默；以极大的耐心。这应是当今诗人的立场。

一个诗人所体验到的、某种事物给予他的感觉，是决非文字能够表达清楚的。我想起意大利现代诗人拉尼的诗句："在乡村，我体验我的死亡。"这样的句子虽然没有给我们带来直接的震撼，但其中包含的东西，却让我享受不尽。

诗歌的影响几乎发生在每一个人身上。凡是受过不同程度教育和接触文明社会的人，都是诗歌的读者。也可以这样说，凡是用母语说话的人，都或多或少地使用过诗歌语言。可我们为什么还抱怨诗歌的读者太少呢？为什么那些曾经有过诗意生活的大多数人最终又远离了诗歌呢？承认诗歌是少数人的事业，又如何面对大众的拒绝呢？

不存在深奥的诗和浅显的诗，只存在真诗和假诗；不存在不读诗的读者，只存在不同爱好、不同层次的读者。

诗比诗人自身更可信。是什么原因让弗罗斯特道出了内心的积怨："成为诗人之后，我才知道诗人是社会上一般人所不齿的危险人物。"作为美国桂冠诗人的弗罗斯特尚且有如此喟叹，那么，众多的无名诗人的命运就可想而知了。

不要过多的接触诗人，他内心有火焰，也有阴影。把对某些诗人的厌恶发泄在诗歌上是极其不公道的。

对一个写诗的人来说，没有比离开诗歌更令人痛苦的事了，也没有比放弃写作，更让人感到如释重负、身心轻爽的了。假如真能拿得起放得下，或者从此洗手不干，这未尝不是一件好事。往往是割不断、理又乱，常常让人心绪不宁的，恰恰又是写诗这回事。

把写诗作为生命的一个阶段，投入了，付出了，问心无愧也就够了。若想为此得到回报，甚至定下生死之盟，终生不渝什么的，恐怕是青春期的梦呓。

　　当我们走过自己的青年时代，才渐渐明白，真正的诗人毕竟是极少数超凡脱俗的行者，缪斯并非是梦中的大众情人，却可能是一座无法翻越的冰山雪峰。所以，有人这样感叹：一个多世纪以来，只有少数孤独的天才，其中有些最高尚最有才能的人，始终踩踏这片土地，毫不犹豫地把自己的一生贡献给这种荒诞的事业。

　　生活正改变着我们的写作。我们身体中轻盈的部分正在减少，而肉体的负担越来越沉重。不是我们离开了写作，而是，诗歌正渐渐地远离我们。对于更多疲于奔波的成年人，大量的时间已被事务占据，即使有写作的欲望，也不会有写作的精力了。就像我们手中的风筝，飞得越高越感到虚无缥缈，时间的长度并不能带来自由的空间，相反，拖得越长越难以控制。

　　记得有人说过，在所有的事物中，潜藏最深也是最为深奥的东西，一直是创作的秘密，这里才华是不容窥探的。保尔·瓦雷里曾谈到画家德加（法国）和诗人马拉美的一次对话。德加绞尽脑汁地写了一首十四行诗，他抱怨写得艰难，最后惊呼道："我并不缺少思想呀……"，马拉美委婉地回答道："德加，人可不是用思想来创作诗歌的。人是用词语进行创作的。"这件事告诉我们，写诗仅有"思想"是不够的，它有时是一种特殊的能力。美国桂冠诗人罗伯特·弗罗斯特不无嘲讽地把写自由诗比做不用网打网球。也许，没有"思想"就成了那个不用网打网球的人。

"良药苦口利于病，忠言逆耳利于行。"在一个无序的时代，和一个意识形态过于强大的社会，诗歌话语应该是良药，也应该是忠言。但最重要的是个人的良知，不畏强暴的胆量和勇气。

　　正如爱尔兰诗人叶芝所说："我的诗通常写于绝望虚无之中。"若没有大境界，谁能在"绝望"中获生呢？一个多情善感的人可能具备某些写诗的潜质，但不一定具备面对绝望的大境界。

　　李白水中捉月的故事，被后人作为神话世代流传。人们在想象他追梦成仙而去时，却往往忽略了，他因醉酒发疯落水身亡这一事实。不可否认，他死于另一种自杀！

　　失败的写作无异于人生的悲剧。香烟包装盒上醒目地标明：吸烟有害健康。说是对消费者负责，其实是一种托词。我想提醒人们：诗歌有时可能是导致弱智的精神鸦片——缺乏强健的人格和特殊的心理素质，经常写诗是危险的。

　　不知你是否见过雨季到来之前，那些贴着地面，反转、打旋的飞燕，闪现，疾驰，难以捕捉。诗中的词句、语速，与那只低飞的燕子极其相似。短促的诗章，压抑的情绪，让人总有一种"山雨欲来风满楼"的危机感，但却让你时时有化险为夷的感觉，不经意的构思，最后水到渠成。在想象不能抵达的地方，诗歌巧妙地停留下来。正像谚语所说："燕子低飞蛇过道，大雨不久就来到……"

　　诗歌在艺术上没有完美的高度，但只要保持一种飞翔的姿态，就难能可贵了。也许你的姿态低于大地上任何一种事物，低于山峦、河流、树木，甚至青草；也许你低矮的身影和那些贴着地面行走的蚂蚁融为了一体，或者像风一样栖息在荒凉的山岗。但是，只要你的倾听和呼吸没有关闭，你的心灵就会向世界张开，诗神就会在那里打开翅膀："我要飞翔！"

光　线

　　我喜欢明朗的诗歌。夸西莫多诗歌纯正的质地，曾使我内心空荡，邈远。诗人出生在西西里，他历经漂泊之后写出的《廷达里的风》，一度影响了我的写作，他把"流放是残酷的"融入对故乡的眷恋之中。许多诗篇，在我的心里留下了忽明忽暗的光亮，久之，这种"光亮"凝聚成"天使"的幻影："那么洁白的天使侧着身子沉睡在空中的玫瑰花瓣上……我占有了它浑身发冷。"

> 　　每个人都孤独地站在
> 　　地球的中心
> 　　一线阳光
> 　　透过他的全身
> 　　瞬息间
> 　　夜晚降临

　　他的这首《瞬息间夜晚降临》，犹如编织在我的记忆中的一丝发光的"纤维"（翁加雷蒂：诗人是宇宙中的一根柔韧的纤维）。对

　　萨尔瓦多雷·夸西莫多（1901－1968），意大利隐逸诗人，1959年诺贝尔文学奖获得者。

这样一首诗，我不该多说什么。我只想到一个词：光线。我们的生命因为它的照耀而变得明亮或黯淡。这是瞬间飘散的光线，也是最初穿透心灵的光线。

我想起席勒的诗《大地的瓜分》："诗人在世间无立足之地，宙斯请他到天上居住。"与席勒不同，夸西莫多关注的既不是世俗的人间，也不是神话天堂，而是人类整体的孤独感。聂鲁达说，夸西莫多是典型的世界公民……他从来不曾武装起来，把世界分成东西两方，他相信现代人的责任就是打破文化的障碍，并相信诗、真理、自由、和平与幸福，是每个人应该得到的东西。他是一个悲哀有秩序的世界的色彩和声音——它的悲哀相当于大地在夜间静止下来让万物生长；是一切气味、声音、色彩和钟都在守望泥土里的种子工作的那个时刻的虔诚的感觉……

时隔十余年，我在这寂静的凌晨重读这首诗，仿佛听见了地球转动，日影飘移，风声和时钟的滴答声……

你那纤巧的双手我渴望一见

《古老的冬天》是一首含蓄的爱情诗。但它值得反复阅读的不仅仅是爱情，而是情景交融、细致入微的意境。

> 在半明不暗的火光中，
> 你那纤小的双手我渴望一见。
> 它们散发着橡木和玫瑰的味儿
> 也有死亡的气息，古老的冬天。
>
> 鸟儿寻找谷粒，
> 转眼间披上雪花，
> 说来是这样：
> 少许阳光，天使的光圈，
> 还有雾，还有树，
> 还有我们，都是清晨空气的产物。

诗人沉浸在一个已逝的、往昔的回忆中。情调是轻松、浪漫的，"在半明不暗的火光中，你那纤小的双手我渴望一见"，一幅多么美的画面！这里，"纤小的双手"，既是隐喻，又是古典的幻象。

眼睛掠过绿风 （颜晓萍 作）

冬天的火光让人伤感。类似的描述，在许多经典诗歌中屡见不鲜，如叶芝《当你老了》："……垂下头来，在红光闪耀的炉旁，轻轻诉说那爱情的消失……"；波德莱尔《阳台》："请你回想那些抚爱的优美温存，那炉火边的快慰……"，但叶芝和波德莱尔的诗，都是具体而明确的。叶芝写给女友戈恩；波德莱尔写给情人让修娜·迪瓦尔。夸西莫多在这里究竟有没有所指呢，我们不得而知。正因为诗人没有明说，那么留给我们的想象则更多，那"纤小的双手"充满了"性的魅力"，让人渴望一见，既含而不露，又时隐时现，就像中国古代美人"笑不露齿"，也像"从裙子的下摆一晃时能见到的穿袜子的足尖……"怎能不让人想入非非呢？然而，这些都没有"纤小双手"更令人怦然心动。而且"它们散发橡木和玫瑰的味儿，也有死亡的气息"。

这是"冬天的故事"，说来多么漫长。那些即时可见随时衰微的事物，是静止的，又是变幻的：鸟儿寻找谷粒，转眼间披上了雪花。一切是那样宁静，仿佛漫步在美丽的墓园、沉寂的树林，阳光不可或缺，欢乐可以分享，天使也有一份："还有雾，还有树，还有我们，都是清晨空气的产物。"

翅膀的悲剧

"翅膀是鸟儿的悲剧……它把生命带入永恒的异乡。"读日丹诺夫的这首无题诗,我不禁想起一位哲人的名言,顿感一丝悲怆。

> 鸟儿死去的时候,
> 它身上疲倦的子弹也在哭泣,
> 那子弹和鸟儿一样,
> 它惟一的希望也是飞翔。

悲剧,时刻发生在我们身边,又常以荒诞的面目和寓言的声音出现:"鸟儿死去的时候,它身上疲倦的子弹也在哭泣……"鸟儿是无辜的,子弹也是无辜的。如果这是一场看不见的杀掳,肯定是来自我们的某种念头和想法。哭泣的"子弹",是一种托词,谁能说不是"鸟儿"撞上"子弹"呢?这就是荒诞!

"那子弹和鸟儿一样,它惟一的希望是飞翔。"这是我们不能想象的,它是另一种现实,它与上面的事件,既存在联系,又互不相

伊·日丹诺夫(1948 -),新一代俄语诗人的主要代表。自20世纪60年代发表作品以来,他的诗一直是评论界激烈争论的焦点。

干。单看后两句，可以说，"鸟儿"和"子弹"，谁也不碍着谁，它们是相互自由的。但是，子弹是奔着鸟儿去的。鸟儿死去了，子弹又怎能飞翔呢？如果子弹的飞翔是寄托在鸟儿身上的，那么故事就具有寓言的意味。

我曾经写过一首诗，名字叫《愤怒的人》："在那棵占有阳光的大树的阴影里，枕着斧头睡觉。等他醒来时，大树已变换了位置。"在这里，树和人存在着一种因果关系，就像"子弹"和"鸟儿"一样。

也许台上的都是道具，"悲剧"却发生在幕后。等待"戈多"，戈多却始终没有出现。

希门内斯的花园

读希门内斯的诗，让人产生一种与读塞尚的风景画极其相似的感觉：那里的空气、植物、水和鸟鸣，似乎被光和色浸透、溶化。在白昼的阴影里，时光变得飘忽、缓慢而静谧，哀伤的花园，秋日的咏叹调。别离、归来，往事、惆怅。

> ……那花园重又隐入
>
> 悲哀的梦境，
>
> 一只高大的迷人的夜莺
>
> 正在寂静的远方哀鸣。

没有哪一条路是通往花园的，也没有任何栅栏可以围住消逝的花园。只有一位名叫希门内斯的老园丁终生守护着它。也许花园只是一个布景，在四季交替的舞台上可以任意移动、拼贴，或者像画卷一样随身携带、拎走。花园曾是远方的风景，却极少有人能够到达。"假如你走得快，时间就会飞跑在你的前面，仿佛一只正在逃脱的蝴蝶。"（《时间》）一座"让人痛心的花园"，就像火焰，鲜花，歌

胡安·拉蒙·希门内斯（1881－1958），20世纪西班牙抒情诗之父。1956年获诺贝尔文学奖。

声，亮光："一切！便都发狂，啊！女人。"

生命在时光里旅行，这是梦乡无法挽留的"美"。谁了解时光背后的东西：光的海洋……金色的流沙……往事的回忆……风把往事统统带走……那大海泛着金光……生命，死亡，爱情。惟一的玫瑰在哪里凋谢？无论他离开多久走得多远，小鸟依然在安达卢西亚南部的果园里啼鸣。

从塞维利亚到马德里的火车上，他踏上驶往梦境的"最后的旅程"。"睡眠像一座桥使今天通向明天"，孤寂的夜晚始终伴随着他的行踪。星光，像无数朵白色的睡莲："有怎样一种内在的力量在提升着我的情绪啊，仿佛一座粗麻石建成的高塔，有一个银色的尖顶——瞧那儿有多少星星！使人以为天空正向大地朗诵着光闪闪的理想爱情的玫瑰经。"看，"星星落在橘子树上"，那永恒的果实正散发着春天的气息！

天空何时变成他的花园？那富有灵感的词语又是怎样化作了舒曼和肖邦的《音乐》：

> 在宁静的夜里，悦耳的乐曲啊，
> 你是一汪水，
> 凉爽宜人——仿佛夜来香
> 开在一个深不可测的瓶里
> ——繁星满天际。

春天的诗

万物的觉醒是从冬天开始的。而春天到来的时候，人们却茫然不知所措。哲学的春天是虚无而盲目的。你说出的一句脏话被一朵即将盛开的花阻止了；你想表达的愿望被枝头的喧嚣代替了。淹没在尘土中的你，像一尾刚爬出洞穴的蛇躲闪着迎面而来的飞鸟，冬眠结束了，雷声敏捷地翻过身子，种子在泥土的黑暗中睁开了惺忪的眼睛……

一个明媚的早晨，我读懂了这样的诗句：

> 春天，我多么不喜欢
>
> 我想告诉你
>
> 第一缕春光
>
> 拐过街道的墙角
>
> 像利刃一样伤害我。

意大利诗人萨巴对春天的感觉，像花丛中暗藏的荆刺，触动了我阅读的手指。是的，在冬天漫长的尽头，那"利刃"一样的春光，

翁贝尔托·萨巴（1883－1957），意大利奥秘主义诗人的代表人物之一。

何曾不是一片突然袭来的希望、一道划破阴霾的闪电呢!

与我们并肩而行,并且匆匆相遇的人群中,是谁为一瞥不经意的目光,蓦然回首,翘首以待,直到再也无法追上它的踪影。哦,多情的春天。

在无数描绘春天的古典诗词中,我偏爱杜甫的:"国破山河在,城春草木深。"每吟此诗,顿觉心胸豁然,视野开阔,如闻空谷鸟鸣,听群山回声。它让我想起白居易的名句:"离离原上草,一岁一枯荣。野火烧不尽,春风吹又生。"而今我看到的春天,犹如揭开绷带的历史,犹如犁铧翻开的泥土——那是一道心灵的伤口,它渴望生长,愈合,播下生命的种子。

现实主义的春天不需要矫情,也不需要粉饰。然而,春天的开始和结束,却无法摆脱荒凉和颓废的命运。

意象派诗人威廉斯描述的春天,是"从通往传染病院的路边"开始的:"一大片开阔泥泞的荒地呈褐色,枯草立着或倒下……"残败的野外景色,冷清而毫无生气的事物——旧的已经衰亡,新的尚未诞生——正是在这样的时刻,诗,找到了自己坚守的位置:植根——扎进泥土,开始觉醒。

就这样,春天已不再是雪莱充满浪漫色彩的预言,而是现代诗人萨巴异常冷静的剖析:

你的来临

使坟墓也似乎不再安全

古老的春天

你比任何季节都更加残酷

万物因你而复生

也因你而毁灭

我的爱人是水底的火焰

　　成功的译诗会让我们看到，美妙的诗歌不仅是能意会的，而且是可译的。我以为诗难译的只是它的形式、韵脚和修辞，由于发音和书写形式上的差异，拼音文字和象形文字之间，存在着人为的鸿沟，美和诗意是惟一没有障碍、易于沟通的语言。

　　感谢译者，让我在没有障碍的阅读中，体味到了庞德《抒情曲》中不可言说的意境。无论在什么时候读到它，我都有一种澄明的感觉，是因为这首诗简洁、锋利，令人过目不忘。它区别于庞德众多庞杂、深奥、晦涩之作，是少数清新、明快的篇章之一。它是精粹的，像没有尘土的火焰，不含有一点非诗的因素。

<blockquote>
我的爱人是深处的火焰
躲藏在水底

——我的爱人快乐而善良
我的爱人不容易找到
</blockquote>

　　埃兹拉·庞德（1885－1972），美国当代著名诗人、评论家、翻译家，20世纪英美诗歌的重要人物之一。

171

就像水底的火焰

风的手指
　　迎着它的手指
送来一个微弱的
　　　快速的敬礼

我的爱人快乐
　　而且善良
　　但是不容易
　　　　遇见

就像水底的火焰
　　　不容易遇见

　　这是一首典型的意象诗。诗人把爱人比做水底的火焰，爱人是脆弱的、善良的、快乐的亦是微妙的。像某种物质的存在，它依靠自身的光芒承受爱的力量，像记忆的颜色，空气和水的变化无法触及它的内核；像灵感的闪烁，瞬间绽开的心灵是新鲜的，没有任何怀旧的惆怅。什么样的爱人值得诗人这样赞美呢？风的手指，迎着它的手指，送来一个微弱的快速的敬礼。诗句的节奏起伏、跌宕，极富乐感。那无声的音调，不是来自人工的乐器，而是一个诗人完美的梦境。

　　庞德早年倡导"意象派"诗歌运动。他认为诗歌应该描绘"意象"，即"一种在一刹那间表现出来的理性和感情的集合体"。"意象在任何情况下都不只是一个思想，它是一堆或一团相交融的思想，

具有活力"。此外，他还强调以客观的准确意象，代替主观的情绪发泄；准确的物质关系，可以代替非物质的关系。庞德深受东方诗歌的影响，就像中国古诗常把"月亮和酒"作为意象一样，"水底火焰"是庞德创造的现代诗的意象。

"人群中这些面孔幽灵一般显现，湿漉漉的黑色枝条上的花瓣"。与庞德这首著名的《在地铁车站》相比，我更喜欢《抒情曲》，也许前者是难懂也是难译的，而后者让我在阅读中忘记了它曾作为英文存在过，甚至使我对诗人支离破碎的印象，在汉语中凝聚起来，变得清晰。有时候，记起一个诗人的名字容易，想起他的作品却很难。庞德的《抒情曲》让我过目不忘。

地球是天上的一颗星

    1988年的夏天。十几位来自全国各地的青年诗人相聚在一起，参加诗刊社组织的第8届"青春诗会"。烟台海滨。午后。杯盏对饮之后，我们略带酒意，奔向海边。在金色的沙滩上赤脚奔跑，涨潮的波浪此起彼伏，让我们激动不已。到了黄昏，大家坐在一块礁石上，唱歌，交谈，沉默。身后是落日，迎面是大海，这时程小蓓轻轻地读起了一首诗："一千年一万年，也难以诉说尽，这瞬间的永恒……"，大家突然被打动了，仿佛海风也停止了吹拂。这轻松的音节，简练的句子，深远的意境，很快被我们背诵下来，随后是陶文瑜、大卫、何首乌、曹宇翔……甚至连雷霆先生也加入进来，一遍又一遍，直到天上的星光，跌落大海。我们的心声，合着潮汐的韵律，汇入波涛。

    这首诗就是普列维尔的《公园里》：

一千年一万年

也难以

    雅克·普列维尔（1900－1977），法国大众诗人、剧作家。其作品在法国广为流传。

诉说尽

这瞬间的永恒

你吻了我

我吻了你

在冬日朦胧的清晨

清晨在蒙苏利公园

公园在巴黎

巴黎是地上的一座城

地球是天上的一颗星

　　《公园里》写得简单明了，描述的是一对恋人动情的一"吻"，诗人却把这"吻"的瞬间置于永恒的时空，咏叹时间的无尽，天宇的浩渺。生活化的细节，短小，精练，诗意层层递近，回味无穷。普列维尔的写作开始于超现实主义风行的二十年代，当时他的朋友不少都是新潮画家，诗人和达达运动的参与者，但他迅速与他们分道扬镳，脱离开少数知识分子的美学趣味，让自己的诗歌走向民众，为普通劳动者写作，自由、新颖、幽默，寓"风雅"于"讥诮"，笑面迎人，让诗歌人人能懂。到了1945年出版了诗集《话》之后，他才一举成名。诗集发行数百万册，广为谱曲传唱，且艺术影响力经久不衰。

　　回想起许多年前和朋友们一起，面向大海朗诵诗歌的情景，我的心情怎能平静！那时我们年轻，处在一个诗潮泛滥的时代，有更多的方式可供选择，却随波逐流，挥霍了才华。我们曾经那样刻骨铭心地为普列维尔的诗所感动，却没有对他的诗歌产生深入的认识。而今，当我再读他的诗，不禁感慨良久。在诗歌日渐式微的今天，普列维尔的诗，应该给予我们很多启示，尤其是对于追逐欧化的当

代新诗。回到民间和日常生活里，在大众情感和世俗体验中，也许会找到一条更为普遍更为广阔的道路。我们恰恰忽略了。

雷霆先生六十岁时，写过这样一首诗："每一个去年都太年轻……"，我还没有活到用生命注释诗歌的年龄，但我知道，一个人的生命放在茫茫的宇宙中，会永远年轻！

再给太阳添些树枝吧

当整个人类守在各自不同的时区，瞩望 2000 年的第一个黎明来临之时，我坐在荧屏前，看到了地球上一场最壮观的盛典，国家、种族、语言、仪式……场景转换，画面飞逝，人群，歌声，舞蹈，欢呼……

这是多么不同寻常的时刻：中华世纪坛的钟声敲响了……曼德拉在他曾经囚禁十八年的罗奔岛城堡式监狱中点燃迎接新千年的蜡烛，帕瓦罗蒂雄浑的《我的太阳》在罗马上空响起……我仿佛看见古老的日轮穿过黑夜的峡谷，曙光降临大地。啊，这是新生的太阳。

> 再给太阳添些树枝吧，
> 听说
> 几十亿年后
> 它将熄灭。
>
> 倘若找不到树枝，
> 就把有希望变成森林的
> 平原

以及可能变成森林的

山峦、月亮和天空

扔进太阳。

无论如何，

你们得扔些什么，

一些树枝，

一些生命。

瞧，太阳已开始

在我们的脸上闪烁，

将我们的脸化为美与丑，

化为昼与夜，

化为四季和岁月

　　这就是索雷斯库的诗篇：《圣火》，应该把它当作迎接新世纪的主题歌！为什么没有人想起来呢？此刻，向全世界的人们朗诵这首诗吧："再给太阳添一些树枝吧。据说几十亿年后它将熄灭……"

　　此情此景，还有什么样的诗歌能够如此深切地说出我们心中的祭典？——那些点燃的篝火，高擎的火炬，薪火相传的梦想？那些神圣的使命，前进的脚步，遥远的光芒？面对未来，诗人说出了我们想要说出还尚未说出的——最朴素也是最伟大的声音。也许它并不需要谱曲。

　　理解一首诗，有时需要特殊的心境和契机。我初次读到《圣火》

　　马·索雷斯库（1936－），罗马尼亚当代诗人，已出版《时钟之死》等十几部诗集。

这首诗是在《世界文学》（1991·1）上，我曾经把它抄录在多年前一个旧笔记本上，后来又转抄在另一个本子上。我习惯把不同时期读到的好诗，反复转抄、整理，一是为了加深记忆，二是留待研究。所以，它早已在我的心灵埋下了"火种"。

后来，我翻阅一些资料，对索雷斯库这位"罗马尼亚当今最重要的诗人之一"有了一些了解。这位以"通俗、讽刺、反叛"著称的诗人，善于从平常的事物中发现诗意。如《命运》："我昨夜买的那只冻母鸡，突然复活，生下一只全世界最大的蛋，被授予诺贝尔奖。"其幽默、诙谐的一面，使我看到了他与法国诗人普列维尔的某些相同之处。

索雷斯库说过："只有首先燃烧你自己，才能最终使别人燃烧。""从亲自经历的历史中，我们懂得了只有人人肩负起使命，才能使历史变得更加庄严、更加美好。"（《索雷斯库答记者问》）

让燃烧的太阳永不熄灭，这就是人类共同的事业。中国有句古老的格言：众人拾柴火焰高。那圣火，点燃在所有人的心中，传递每个人的手上：

瞧，太阳已开始在我们的脸上闪烁，将我们的脸，化

为美与丑，化为昼与夜，化为四季和岁月。

阴　影

　　我感觉翁加雷蒂有点像泰戈尔，只不过文化环境迥异，各自生活的背景不同罢了。泰戈尔的冥想建筑在众心的佛塔之上；翁加雷蒂的沉思，犹如"深藏在岩石里的阴影"。无限的虚无，有限的梦境，使他们都倾向于内心的阴柔。相对于泰戈尔神化的博爱，翁加雷蒂则更具有人性的色彩。他们的诗歌体现了两种不同文化的阴影。也许可以这样说，如果翁加雷蒂生活在印度一定是泰戈尔，反之，泰戈尔生活在意大利也可能是翁加雷蒂。诗人就是诗人，适应的文化环境对于诗人来说，只是种子和泥土的关系。土地广阔，而纯正的品种总是不可多得。

　　在不同的环境、心态和境遇中读诗，获得的感触是不一样的。学生时代我喜欢泰戈尔的诗："我的爱人不要到我的屋里来，到我的无边的孤寂里来吧。"后来，当我从事写作，翁加雷蒂的诗歌给了我许多启发。他的《怀旧》、《利古亚海的寂静》、《岛》等诸多诗篇，曾让我心弦颤动。特别是他的长诗《怜悯》，让我百读不厌，陪伴我度过了一段精神危机。读翁加雷蒂的诗，能缓解人的痛苦。他

　　朱塞佩·翁加雷蒂（1888－1970），意大利"隐逸派"的主要代表诗人之一。

在诗中说过："我是一个受伤的人，我想走开，最后再回来……我应当清醒过来吗？我替沉默加上许多名称。"

> 葡萄熟了，田地已经耕耘，
> 山峦上再没有一丝白云，
>
> 夏日的镜面上扬起灰尘，
> 还投下了阴影。
>
> 从晃动的手指间望去，
> 它们的光线多么遥远，
> 又那么明净。
>
> 我心中最后的创痛，
> 也随燕子一起飞逝消隐。

《宁静》这首诗多么像一幅纯净的风景画。但诗中表达的绝不是"触景生情"的那种伤感，而是一种心境。是明亮的夏季过去之后留下的澄明的秋水，沉静而清纯；是消散的浓荫腾出的一方净土，辽远、开阔，而又一尘不染。那收获之后的荒凉，占据着大地的宁静。

智者的影响并不总是光亮，有时也像秋高气爽的天空漫步行走的云朵，引导我们的阅读，使我们从局限和盲目中，走向俯瞰大地的山峦。

芝加哥诗人的田园曲

在 20 世纪初期美国工业疯狂扩张的年代，被称为"芝加哥歌手"的桑德堡，继承了惠特曼的传统，以清新、强劲的诗风，给当时无病呻吟、脱离现实生活的美国诗坛带来新的活力。

他一方面赞美纪念碑、雕塑、烟囱、摩天大楼、喧嚣的机器和繁忙的人群，另一方面歌唱土地、玉米和大草原的粗犷恬静。他的声音朴素、豪迈，大度从容又不乏细腻入微。他的诗是生活化的，没有韵律，不拘泥形式。即使不用分行阅读，也让人感到格外亲切自然。"我问大讲生活真谛的教授，什么是幸福，我去问那些有名的经理，他雇了几千工人，他们摇摇头冲我一笑，好像我在耍他们。而在一个星期天下午，我沿着德斯泼莱纳河闲逛，我看见树下一群匈牙利人，带着女人、孩子，还有啤酒和手风琴。"他那首写"雾"的诗，在 20 世纪 80 年代初期的中国，有人曾将它与"朦胧诗"相提并论："雾来了，踮着猫的细步。"其实是风马牛不相及。

卡尔．桑德堡（1878—1967），父母是从瑞典来的移民，曾务农、做工。由于家境贫困，桑德堡 13 岁就被迫离开学校，独立谋生，从军参加过西班牙美国之战。后免费入大学读书，中途退学，四处流浪，从事多种职业。丰富的下层社会生活经历，使他感情接近普

通民众，成为林肯民主思想的信奉者，也使他能够站在普通劳动者一边，替产业工人和下层人民说话。

我曾有过矿工生活的经历，对大工业场景有着切身的体验。80年代初期，当我读到桑德堡的诗篇时，心中久久地萦绕着金属般洪亮的震荡声："一根钢——它心底里是一股子烟，是烟，是人血……一根钢，是一只轮子，一颗钉，一把铲子一枝枪，是海中的舵，是空中的翼——那里用人造钢，烟和血配制钢。"诗中凝聚了工业的锻打、磨砺，也揭示了人的不平和反叛。"工人沉默的祈祷在继续——责怪我们吧——速度，速度，我们创造了速度。"

随着阅读的变化，我对桑德堡的诗歌有了更多的理解。相比之下，我更喜欢他的那些表现自然、土地、风景的诗篇。他笔下的自然美，犹如"野蜂翅膀上金黄的纤尘"。他通过对自然事物的观察，表达了一种能够说出，却难以描绘的意蕴。如《碎片》："最后一只蟋蟀的声音，穿过初霜的寒气，那是一次告别，一小片歌，太细、太轻。"这样的诗，不能不让我们打开自己的听觉去阅读。在他的这类诗篇中，我最喜爱的是他那首《玉米地里的事》：

> 有一桩顶顶了不起的事，
> 前天发生在玉米地里。

> 而后天，在金黄的玉米地里，
> 又会有顶顶了不起的蠢事。

> 穗儿成熟在深夏天气，
> 带着征服一切的笑声走来，
> 走来，笑声可以征服一切。

长尾巴的鹩鸟嗓子沙哑地唱，
一只小鹩鸟在玉米秆上叫叽叽，
它肩膀上有个红点儿，
我一辈子都没有听说它的名字。

有的穗儿爆炸了，/里面干活的是洁白的乳汁，/玉米丝最后爬出来，在风中晃荡，/老是在晃——我从没见它静止，/风和玉米在谈论着什么事，/风和玉米，太阳和玉米/在谈论什么事。

在路那边有座幢舍，/板壁是白的，绿百叶窗悬在那里，/直到玉米剥完才有人去修，/农夫和他的妻也在谈什么事。

诗人把人类的生活置于大自然的生长过程之中，置于一种生生不息的延续之中，玉米地里发生的事和鹩鸟的叫声，让人如同身临其境，又像是走入"魔幻"的现实：有的穗儿爆炸了，里面干活的是洁白的乳汁……风和玉米在谈论着什么，太阳和玉米，附近农舍旁的农夫和他的妻也在谈论着什么。一种永恒的劳作，省略去艰辛和劳苦，充满幸福、安逸和平静……就这样无止境地生活下去，永无止境。

在物欲横流的现代工业社会里，人们越来越清醒地意识到，只有土地保留着人类最后的梦乡。一位美国自然文学作家说过，在人的一生中，应该跟记忆中的大地，有一次倾心的交流。他应该把自己交付给一方风景，从多种角度去观察它、探索它、细细地品味它。应当想像自己亲自触摸四季的变化，倾听那里响起的天籁。他还应当想像那里每一种生物和微风吹过时移动的景色。"土地有自己不可

抹杀的东西，但必须由真诚的作家来阅读和重述。"（戴维·默里）
从这方面说，桑德堡做到了。

高高飞翔

　　每个民族、每个国家都有自己英雄的诗篇，它来自一种感动人心的力量。当这种力量超越国界、升上高空，就会化作照耀整个人类的光芒。

　　几年前，我在《美国读本》一书中读到这首诗：《高高飞翔》。当时激动的程度，超过其中任何一篇睿智的政论、雄辩的演说和激愤的华章。作者是二战时期一位名不见经传的飞行员，名叫小约翰·基列斯比·麦基，1922年生于上海，父亲在那个城市任传教士。麦基自幼在英国上学，少年时代崇拜英雄，擅长写诗。1939年战争前夕，加入加拿大皇家空军，曾在英格兰经历空战。1941年12月13日在一次飞行事故中牺牲，年仅19岁。

　　　　嘿！我已挣脱地球的桎梏

　　　　伸展银色响翼在空中飞舞；

　　　　我朝着太阳爬升，加入阳光劈开的云层

　　　　发出欢乐笑声——干成百上千种事情

　　　　谅你做梦也无法想象——盘旋、滑翔、摇摆，

　　　　高飞于阳光普照的宁静中。在那儿徘徊，

> 我紧追咆哮的风，驾驶飞机
> 穿过没有地基的空气大厅。
>
> 向上、向上，飞向狂喜的、炽热的蓝色长天
> 我已轻松自如地到达风卷残云的高点。
> 那儿从未有云雀，甚至老鹰也踪影不见——
>
> 心怀向上的渴望我已踏进
> 高高的神圣不可侵犯的空间，
> 伸出我的手，触摸到上帝的脸。

这首诗既没有战争的背景，也没有临战的气氛。一颗年轻的心，驾机升上高空，带着人类征服太空的欢笑，轻松地到达"风卷残云的高点"。全诗十四行，明澈得近乎整块透光的玻璃，没有任何阅读障碍，复述或解释都显得多余，但我却感到每一行诗都像钻石的划痕……生命，像流星一样在天空中消失了，战争的硝烟遮掩了他的光亮。从此，麦基和他的诗默默无闻。

四十五年后，一次震惊世界的宇航事故，使麦基的诗光芒重现。1986年1月28日，美国"挑战者"号航天飞机发射升空不到两分钟，突然发生爆炸，所有电视观众顿时为之震惊。当晚，里根总统推迟了预定的国情咨文报告，向沉浸在悲痛的人们发表讲话，他赞颂挑战太空的英雄们，引用了麦基的诗："我们将永远不会忘记他们，永远不会忘记今天早晨我们最后一次见到他们的情景。当时他们正准备飞行，向人们挥手道别，以挣脱'地球的桎梏——触摸到上帝的脸'。"在场的多数人，也许并不知道麦基的名字，但他的诗句却给人带来些许安慰——那是祈祷和泪水所不能代替的。

我想起另一位同是空军飞行员的法国作家，他叫圣埃克絮佩斯利，1900年生于法国里昂。从1921年起，他曾三度从军，也曾当过航空试飞员……在他20多年的航空生涯中，出生入死，历经风险。1944年7月31日在地中海上空执行任务时神秘失踪。

圣埃克絮佩斯利一生，写作了大量有关航空冒险的小说。他在《人的大地》中写道："飞行让我们发现了地球的面目，我们刚刚脱离地面就摆脱了道路的奴役。我们站在宇宙的高空衡量人类，才发现地球的主要根基——山、沙和盐碱组成的底座。生命在这里，只是像瓦砾堆上的青苔……"

圣埃克絮佩斯利的经历比麦基要复杂得多。但他们却有相同的人生体验：是飞机给了一双开垦天空的翅膀，让他们抵达仰望的高度。作为飞行战士，他们并没有把战争的阴影，当做翅膀下的乌云，而是把爱和幻想，铺展在更遥远、更博大的空间。圣埃克絮佩斯利在描写外星人的童话故事中说过：只有心灵才能洞察一切，"那种美丽的东西是肉眼看不见的"。

飞行延伸了人类的目光，让那些先行者看见了常人所不能看到的奇境。

关于纯诗

关于纯诗的说法，美国诗人沃伦在《论纯诗与非纯诗》一文中说过："我以为诗要纯。"这里说的"诗"，是一个抽象的概念："在上帝眼中，大玫瑰之中的全部灵魂十分珍贵。灵魂不可互相代替。"对具体诗人的写作而言，纯诗，则是一种精神追求。

我想起两位极具敏感且热衷于冥想的美国诗人：艾米莉·狄金森（1830－1886）和沃莱斯·史蒂文斯（1879－1955）。

相比那些阅历复杂、历经坎坷的诗人，狄金森的生活方式极为简单：她中学毕业后只上过一年女子学院，就退学还家，弃绝社交，足不出户，做家务、读书、写诗，终生独身，直至"为美而死"。人们昵称她："艾默斯特修女。"这位惠特曼同时代的诗人，生前只发表过十余首诗，死后30年，大量诗作才整理发表，随后声名鹊起，被意象派诗人视为先驱。狄金森的写作和生活是无法模仿的，但她留给我们很多启示。当晚年躲在名声背后隐居的惠特曼对一位来访者说"瞧，我野蛮的粗话响彻了世界屋脊"时，也许没有想到，会有一位与他风格迥异的女诗人，将和他平分天下，共同成为美国现代诗歌的源流。

每个人的生活都是有局限的。狄金森的生活空间可谓狭小，但她创造的精神天地却是无限的：

> 要造就一片草原，只需一株苜蓿一只蜂，
>
> 一株苜蓿，一只蜂，
>
> 再加上白日梦。
>
> 有白日梦就够了，
>
> 如果找不到蜂。

比狄金森晚半个世纪的史蒂文斯，一生从事呆板、单调的职业，大学毕业后，做过律师、保险公司经理，长期忙于枯燥的商务，很少出行。虽受法国诗的影响，但他从未去过欧洲，国外也只到过加拿大。他在默默无闻中写作，连同事都不知道他是诗人。他说过，每天与工作接触，倒可以培养出一个诗人的性格。史蒂文斯44岁时出版《簧风琴》，引起读者的注意。55岁以后才开始大量写作。他在《雪人》一诗中写道："必须有一颗冬天的心，才能去看霜和冰雪覆盖的松枝。"这位在孤寂中写作的诗人，死后才被越来越多的人奉为大师。

同样，史蒂文斯同时代也有一位名声巨大的诗人，他就是艾略特——在这位才华横溢、主宰现代主义诗潮的大人物的阴影里，许多诗人相形失色。史蒂文斯却与当时的诗坛保持了清醒的距离。艾略特的喧哗过后，人们才从众多的声音中，分辨出史蒂文斯纯正的音质：

> 这些孤独的号角在孤独中
>
> 并不是回应另一种孤独，
>
> 一根细弦为一大群声音说话。

诗歌最终应该是那样一种远离尘嚣的声音。一个诗人毕生的付出，也许是为了写出理想中的好诗。怀有这样的"功利"的人，总是把"诗人"和"诗"的关系看得太紧密。我就曾经这样过分具体，相信"一句很美的诗句是诗的很纯的成分"。法国象征主义诗人瓦雷里在《纯诗》一文的结尾写道："纯诗的概念是一种达不到的类型，是诗人的愿望、努力和力量的一个理想的边界。"